CONTENTS

目次
CONTENTS

小說

極短篇

散文

CONTENTS

新詩

心聲練習

黃文倩　二〇一六、二、二十九

《比天空還遠的地方》是淡江大學第三十一屆五虎崗文學獎的得獎作品集。本屆由中文系大學部鄭安淳同學統籌規劃、全體系學會同學落實技術執行，並且由我忝列指導。感謝中文系殷善培主任對新生代的寬容與鼓勵外，文學院林信成院長的支持與吳秋霞總編輯的專業指導，都讓我們銘感於心。

比次文學獎的精神與典律上溯俄羅斯文學大家列夫．托爾斯泰(Leo Nikolayevich Tolstoy, 1828-1910)，托爾斯泰曾在他著名的藝術論中提出：「藝術是以自己的感情感染他人的手段，藝術家所再現的感情越是為大家所共有，人們就越是容易被感染，感受也就越強烈。」又說：「任何一種藝術，本身都具有把人們聯合起來的特性。」、「只有當人民中間的某一個人在體驗到一種強烈的感情而且要求把這種感情傳達給別人時，才產生全民的藝術。」我們想繼承與強調的是：文學藝術作一種深刻的感情表達媒介，從最積極的意義上，它不但是我們的社會、歷史、靈魂與精神的反映與表現，同時也是促使各種不同的人與人之間的同情與理解的最具體的環節。是以，古往今來，我們因為有了文學與藝術，人類的歷史、情感與各式生命經驗才能感通，孤絕的個體也才能與他/她者產生交流，這既是文學、藝術家們的自由選擇與實踐，也是與讀者們共同作用與生成的理想。

同時，我們也非常清醒的自覺，現代文學在晚清的現代性轉型以來，已慢慢形成了自身的「代變」史觀——一代有一代的文學，一代也有一代的「本土」特質，因此，展現在這一屆的作品中，也有不少令人印象深刻的新人與新作，體現出我校新一代文藝青年對個人、生命、社會的理解、回應與困惑。例如小說組〈房間〉（林雨承），企圖以性愛來安頓與消解對自身殘缺的恐懼（在小說中，這種殘缺以「醜」來表現），但最終那女體仍如窄小的房間一般，無能也無法建立起真正的救贖，但當中的不安與焦慮的書寫，似乎也以一種辯證的方式，讓我們見證了世俗對「醜」的霸凌，進步的批判性意在言外；極短篇〈失蹤〉（楊沛容）有一種卡夫卡式的荒謬調性—姊姊失蹤了，但似乎除了自己在內，沒有任何人發覺，正如同作者藝術地嵌入父母輩的批評：「女孩子，弄的男不男女不女」，但什麼是男、什麼又是女？性別及人的存在是否有本質？存在的人又是否一定能被看見？這篇作品巧妙地保留了真誠的疑惑。散文組〈花襯衫〉（劉兆恩）以外祖父穿著花襯衫的喪禮起筆，保留且烘托了一種對人類神秘性的尊重與靈性往來的深情，在那些生命中諸多無言甚至失語的時刻，你我彼此凝視，或許反而才能真正安慰與理解彼此。而在新詩組〈比天空還遠的地方〉（洪崇德）中，作者揣想西藏自焚僧人對自由意志的爭取，展現了力抗被同化的悲劇形象與感覺結構，已經略具有普世移情與同理心的品格。

對所有參與淡江大學五虎崗文學獎的同學，這場每年度的文學競技盛會，也是我校文藝青年的一種「心聲」練習與觀摩戰場—練習表達自我、心理與靈魂秘密，想像穿越不同的性別、種族與世代，甚至最後到場聆聽各方名家的公開審稿會議，都是大家爭取靈魂與技藝成長的不同形式。起步雖然微小，但星星之火，未嘗不能燎原。祝福且期待五虎崗的種子們繼續創造未來。

小說

PART 01

房間

林雨承（中文碩二）

1.

那天上午發生了兩件事。不大不小的事。

發現第一件事是在上午十一點。五坪大的窄小套房，長年積聚一股男人的悶臭，他甫睜眼便嗅到這股異味。有時他猜測，某種毛茸茸、肥大的山林野獸一定棲伏在這間房某個角落，而牠糾結汗垢的毛皮底下，鐵定不斷散逸屬於雄性的臭氣，經年累月把自己薰染得一身騷臭；當然他知道，那股味道或源於床腳幾乎發霉的臭襪堆，或疊滿揉皺衛生紙的圓筒型垃圾桶，但更有一種可能，就是源於他自己。他嗅了嗅腋下，嗯，真的很臭，昨晚一定沒洗澡，前天或許也沒有。

揉開了眼屎結塊的眼皮，時間已十點半，鬧鐘都不曉得響了幾百轉，還是無法挽救他遲到三個鐘頭。打卡時間是七點，大概吧，沒記錯的話，就像主管成天嘶嘴叨唸的那樣。他打個呵欠，嘗試不去計算每天遲到究竟誰的責任比較大；是同事皮笑肉不笑的迎合應對，還是自己糜爛頹廢的度日模式，抑或兩者皆有。

他很胖。是站在街上會阻塞交通的那種胖，有時他認為胖子起床該有更完美的方法而非狼狽喘氣把床單弄得一團糟。當然他根本沒打算去上班，遲到三個鐘頭不如不去，他只是想起床開門，今天房間比平常更加悶熱。

然後他發現了第一件怪事：門打不開。他轉了轉門把，轉不動。嘗試這樣如何：一隻手撐住牆壁，抬起腿對門板踹一腳？文風不動。怎麼搞的，強力膠黏死一樣，是惡作劇？

其實嘛，門壞掉並非甚麼大事，如果他的手機還在身上，那他大可找鎖匠或房東來開鎖。可是手機呢？他找了十來分鐘，翻遍整間小房間就是沒找到。突然他想起昨晚在酒吧喝完酒，離開時已不省人事，好像是公司那個笑起來很可愛的後輩開車送他回家。也許手機落在車上了吧。

想到取回手機麻煩的手續，他心裡就怕得發慌。他是個常常掉東西的人，雨傘、戒指、手錶、筆記本。只要能拿下來的他幾乎都掉過。幾次經驗下來，他不大喜歡穿戴飾品了，女友曾告訴他，反正你也不適合，全部都拿下來算了。戒指和耳環都是高級貨，打開垃圾桶他便扔了。唯獨手錶是母親給他的遺物，一支樣式簡潔的銀色手工錶。他沒扔，可是女友卻取走了，邊收還邊數落他：「遲早你會弄丟。」這話說得也對，手錶就當沒有吧。

對於女友他一向很疼。自己對自己很懶，可是一扯上女友他就精力充沛，像條躍躍欲試的豬，上山下海都陪她去，也不顧路人嗤笑的眼光。當街對女友跪下求饒算甚麼？被叫馬子狗又如何？女友開心他甚麼都肯做。只要女友能對他笑一笑，外界的眼光他大可八方吹不動，反正人群對自己的態度從沒有好過。花錢方面他對女友也毫不手軟，只要跟他吃，那餐就他付帳；只要女友逛街看上衣服，他低頭就掏皮夾拿信用卡。後來他嫌麻煩，乾脆把副卡當作女友的生日禮物，任她隨便花用。朋友笑他太寵，他也不回嘴或反駁，偶爾還傻笑說：「我還有錢嘛。」

有錢大概是他唯一的優勢吧，他覺得。女友曾貼著他的臉，用食指和中指掀過他肥碩的鼻頭，然後滑過鼻樑，撫過油脂密布的黏膩臉頰，最後停在額頭，又亮又圓的眼睛盯著他，兩汪黑色瞳孔幾乎倒映出自己大而方的臉孔。女友的眼神似乎是一種欣賞石膏像的眼神，一吋吋刻著他、啃著他，好像要將他整張臉敲崩打碎。有時，他甚至認為這不只是個比喻。他記得，當他多毛又粗糙的手指第一次鑽進她蕾絲內褲與平滑小腹的間隙、細密摩娑她濃密柔順的恥毛，女友的齒縫迸出細微而撩人的呻吟，他持續推進，指尖推開布料與毛髮，緩緩深入胯間溫熱的溝壑，他的手臂卻遭她狠狠往下掐住，按在他多年未洗、黃漬斑斑的床單上。

她瞪大眼仔細打量他的臉一遍，然後紅唇湊近耳朵，輕輕吐出濕熱的一句：「你真醜！」

這句話伴著神祕的水聲流入他的耳膜、他的口腔，還有他體內每一處足以發出共鳴的空穴。他的胯下劇烈充血硬挺。他納悶哪裡有水？那像一道流過昏暗房間地下的涓涓清流，又似唾液沾黏入耳的鹹濕挑逗。水聲不絕於耳，當他回過神來，水流幾乎阻斷他的呼吸。他大力掙扎，卻驚覺自己已經不由自主進入她的體內，黏膩的汪洋用細緻的密度吸著、收縮著。快感使他渾身顫抖，抖落的汗液啪答啪答滴在床單和地板。

當他大口呼氣、豆大的汗珠噴灑如雨，她的白色蕾絲內褲已經濕潤透明，另一股濃稠白液用噁心的方式，如擠奶油般一坨一坨流出，滴在自己肥碩的小腹和雜亂的恥毛上。她抽了兩張紙巾，熟練地擦淨胯間，也替他清理乾淨。他感覺自己抽空了。靈魂的內裡伴隨方才的情慾釋放排出體外，現在的自己只是一具空殼，而且是髒臭的空殼。

女友把揉皺的紙團捏在手上，透明液體自細白的指間湧出，她趴到他身上，把那團紙通通塞到他臉上，逼迫他張開嘴，然後通通吃入嘴裡。她小巧的瓜子臉側過一邊，嫌惡的神情使她在黯淡中與剛才完全像不同的兩個人。「你有夠醜。」她低聲，然後嗤笑：「醜得不像人。」

是啊，他真的好醜。所以對鏡子他一直很厭惡，他不喜歡看見自己。五坪大的小房間裡就沒有任何一面鏡子存在。有時從女友的眼裡看見自己，他會感覺深深的不愉快。

在房門邊摸了半天，怎樣就是打不開門。他累了，一屁股坐在床上，沒刷牙的嘴吐著難聞的臭氣。房間還是一樣亂，一樣小。女友問過他為何不找大一點的房子？他也答不上來，大概某種恐懼感作祟吧，太大的空間會讓他失去安全感，還是窄小的地方最好。

床單柔軟的觸感促使他躺了下來。這張床多年未洗，上面甚至沾著各色深淺的污漬，連床邊都滴著幾滴暗紅的不明液體。這些髒污不只屬於他，也有她留下的。柔滑布料有一層特殊氣味，應該是自己的體味和女友的體味混合，或許更多是她的體液。她的需求比自己大太多了。

對於性他真的索求不多，更多時候主動方不是他而是女友。她喜歡在任何時候挑逗他，無論是學校或是公司，在開車或在吃飯，她的手指有種情慾的魔力，只要指尖稍稍摩擦刺激，就能令他迅速血脈賁張，想立刻將她占有。

或許因為自慚形穢吧，與女友交媾的美好，總有一種搾取挖索的回春效果，譬如老男人對年輕女子緊緻肌膚的孜孜嚮往；又譬如在曠野狂風呼嘯的孤獨裡尋得一方木造小屋，窗縫且流瀉足以勾起溫飽之欲的溫潤燭光，他將削尖腦袋使勁往縫縫鑽。他聽說貓亦是可以鑽縫的，只要腦袋能過，牠的身體便可無礙擠進無論多窄的縫隙。但他畢竟不是貓。要拿獸來比喻，他更像頭老邁蹣跚的公豬，以為腦袋是自己最肥大的部位，擰滿肥油的胸腹陽具卻扭為一團不忍直視的肥肉。

想起女友的好，他感覺體內有股火在燒。昨晚喝的酒實在是太多了，腦袋又悶又脹好似快炸開，記憶全部攪成糨糊一團。趴到窗邊，他猛地拉開窗簾，陰暗的房內驟然一亮，刺得他眨了眨眼。窗外是熟悉的城市景色，有樓有路有車，高矮不一，又灰又破，但是卻沒半個人。

天色陰鬱無風，房裡的氣味怎樣也吹不去，床上的臭幾乎跟某種地縛靈一樣陰魂不散。他拿起一本雜誌搧了搧，還是熱，最後索性脫了又臭又黏的上衣，扔在床上，拿肥大的肚腩對著窗，窗外居然完全無風，像一條被雲雨遺棄的無風帶，他則躺在一艘體臭充盈的小舟上等待起風。

公司是不必去了，電話不在身上，門又打不開，乾脆就蹺一天班吧。反正去了也是遭人嫌棄。這份工作是透過關係得到的肥缺，也是這家公司往上爬的最好跳板。他肥碩的臀部輕易坐上這張椅子，自然惹來不少閒話，那些表裡不一的笑臉他還是看得懂。久而久之，因為各種理由，他對公司膩煩了，去的次數慢慢減少，開始花更多時間在女友身上，戶頭的錢也如洩洪的水流往女友帳戶。反正自己是父親失望透頂的小兒子，本來就不需要甚麼成就來證明自己。根據他長期觀察，老爸的心態大概是每個月花萬把塊塞住他的嘴，不讓他騷擾老人家討錢，眼不見心不煩。

想到這裡，糾結心中多年的自卑又浮現了，打小的那種陰影一下子讓他跌入牛角尖裡。他穿金戴銀，但是所有人都看不起他：家人、朋友、同事。只有女友看得上自己。他記得自己走過城隍廟的人潮，手裡捏著香灰粉狀崩落的兩柱香，正想把香插入煙霧騰騰的香爐，兩個小鬼恰好把他一屁股撞倒，兩炷香彈上肚腩，燙得他殺豬似慘叫。這可悲的情狀沒有博得任何同情，反而引起哄堂大笑。他拍掉香灰想起身，滑稽吃力的動作又換來潮水般嘻笑。他垂頭喪氣踱到門前，正想一走了之，一個人遞給他兩柱剛點好的香，外加溫暖鼓勵的微笑，他傻住了。第一次有人無條件向他示好。「我好熱」，她拉開領口搧了搧，他眼珠子幾乎要瞪到那條粉白乳溝裡，她大方露出微笑：「陪我去吃碗冰怎樣？還是你有其他事？」他回神，連聲答應。

當天他就經歷了交往、接吻、上床，然後決定同居。他永遠忘不了女友對他的好，知恩圖報，他的生活重心山崩海倒全部投注到女友身上，費一切心思要讓她快樂。

應該說，愛情確實一度使他振作，給他注進了新的能量。他開始注重打扮穿著，調整自己的儀表談吐，雖然進展緩慢，可他感覺自己似乎重新打娘胎出生了，雖然尚且胎毛未褪、乳臭未乾，但鑽出水潤窄小的狹縫，他透過女友成為了一個新的人。

他決定首先改善與家人的關係。

回家見父親之前，兩人費了好大的勁治裝打扮，勉強把他弄得像個人。後來回家先跟父親吃頓飯，父親劈頭就冷冷問：「懷孕了？」他一下子傻了，自己並非搞大女友肚子才帶回家，而是想讓父親認識她。他支支吾吾辯解，她沒懷孕，我們有防護措施……。然後他看見父親手裡的筷子朝自己射來，還沒來得及回神，沾滿油汁的筷子撲通插入他胸口，留下難看的紅色湯汁。幹甚麼？他呆呆抬頭看父親。「放你一個人住，你居然在外面亂搞？」父親的聲音彷彿從遙遠的餐桌對面爆炸似傳來：「作孽！我怎麼教你的……」他無法反應，女友卻一下子哭了。他看著暴跳如雷的父親，手臂被人一扯，女友拉著他奪出家門，頭也不回奔出那棟高級豪宅。

回到租屋處的樓下，女友在車上擦著眼淚。「你選我，還是選他？」

他沒有回答，因為根本尚未回神。女友啜泣：「當然是選我，對不對？」用力撲進他懷裡，撞得他隱隱生疼。

那天的女友比平時脆弱，像隻濕漉漉的貓一直瑟縮啜泣。他無從安慰，也無從解決。自己並非懂得說話的人，父親刻板守舊的思想該如何撼動？而錢呢？自己有辦法獨立賺錢養活自己嗎？

想到這裡他的心更沉了。一條黑暗的路，走到哪裡也不是個頭。他煩悶扔開雜誌，一腳踹翻另一座漫畫小山，又氣自己沒打理好房間導致現在心情煩躁。他拉開抽屜，拿出幾支影片翻看，每一片的封面都印著裸體女人搔首弄姿的照片。他挑了其中一部。打算甚麼也不去管，先發洩一下。

經過窗邊時他發覺不大對勁。

他倒退兩步，再一次細看窗外景致，找到了詭異點。兩幢灰色高樓之間，本來甚麼也沒有，怎麼現在有座山？

對山勢地形沒有研究的他空有滿腹狐疑，無法驗證自己是否記錯。但是那股詭異而揪心的感覺不斷蔓延至頭頂，雞皮疙瘩爬遍手臂。腦子裡似乎有塊東西要破繭迸出，但是想不起來是甚麼。他呆望著山峰出神。不高不矮的山，濃重墨綠的峰巒縫隙透著一丁點紅。一間廟吧，他瞇眼細看。廟頂兩側的垂脊高昂捲起，正脊上的龍鳳脊飾卻黯淡斑駁。

說起廟他就渾身發冷。一張紅燭下的木刻笑臉浮上心頭，鼻間似乎又飄來山林夜晚的泥濘濕氣和淡淡香煙。儘管事隔多時，他仍記得回到台北行天宮，廟公面色凝重下的註解：「那不是神。」這句話比廟裡的香煙還輕，卻幾乎壓得他雙腿發軟。他緊緊揪著那張憑印象勾勒的素描，壓著嗓子問：「那是甚麼？」

廟公掏起寬大的袖口，持筆的整條手臂左右滑動，讓毛筆尖的紅墨像血塗開一個大叉叉，遮蓋了紙上的笑臉，然後結語：「某種其他不該碰的東西。」

他瞪視那座憑空出世的山頭，眼神就像那天瞪著廟公。

想起房裡有一把單筒望遠鏡，他趕緊東翻西找把它挖出。流線型的黑色造型，備有夜視功能，當年買下來要萬把塊錢。他記得當時他猶豫很久，遲遲無法決定。倒不是因為錢，錢他有的是，他只是不曉得怎樣啟口。店員看他挑很久，問他是不是登山要用的？他胡亂回答，最後支吾問：「有沒有夜視功能的？」店員看他有購買意願，喜孜孜拿出這把夜視鏡，聲稱防霧防水，而且三年保固。店員講完他瞬間就心動了，立刻掏錢買下，隨便包一包就直奔回家。

這把望遠鏡還是沒變，一樣的重量和質感，握在手上卻不若那天滿是手汗。他臉貼著鏡面，把望遠鏡對準那座山，一片翠綠樹叢細緻而精密地映入眼簾。找了片刻，他找到了，果然是一座廟。但是大片的樹林剛好把它主體擋住，無法看清廟內供奉的神。

看來看去，他沒看出甚麼端倪。不過是座普通的山。山腰上一間廟。大概真的是自己記錯了吧？他又覺得有些頭疼，抓起床邊的礦泉水咕嚕咕嚕灌了一大口，過多的冷水從嘴角蜿蜒滑下，流入凌亂鬍渣叢，沿下巴滴在地上。

冷水流過食道湧入胃袋，他感覺餓了。

重新回到門前，他轉轉喇叭鎖，轉不動。對著門板踹也毫無動靜。方才剛起床感覺還好，現在肚子開始叫起來，困在房裡實在太不好受。怎麼自己就沒儲備食物呢？他跑到窗邊往下望，一股衝動讓他想大叫人來幫忙，但是話到嘴邊又硬生生吞回去。他不是喜歡出風頭的人，所謂「棒打出頭鳥」，他向來相信這個道理。

可是再害羞也不是辦法，飯還是得吃。尤其昨晚剛吐過，現在胃裡又空又難受，想趕緊吃點溫熱的東西。他上下左右都看了一遍，正在思索該不該從床口往下爬，爬到這層樓的公用走道，然後下樓去找房東幫忙。可是真的該爬嗎？這裡有五樓高，只要稍稍不慎，自己這輩子就算完了。雖然不是多光彩的一生，可是能保住性命當然最好，乞丐也是會怕死的。再說了，自己一直以來都極力避免身陷危險，無論是搭船、搭飛機，他都極少有經驗。更甚者，連過馬路他都喜歡走地下道和天橋，凡是需要穿越斑馬線，他一定是萬不得已。就因為這個性格，他的人生很少刺激，又平凡又順利，連脾氣都消磨得又滑又順，絕少生氣。

現在要他爬窗根本是天方夜譚。

女友笑過他懼高。她似乎天不怕地不怕，遊樂園的設施對她來說不構成任何刺激，任何恐怖電影她都能一眼不眨從頭看到尾，心跳甚至不用加速。其實他知道，唯一能讓她感到刺激的只有性。性是人類最根本深層的慾望。女友說，自己比任何人都要接近原始樣態，熱愛性交就是證明。

為了滿足她的胃口，他流水般地砸錢。汽車旅館的高級套房、各種價格和功用的性愛玩具都只是小菜。比起這種私密的兩人世界，女友更喜歡那些奇特的場所和玩法。好比海水浴場的死角、電影院的後排座位，還有商業大廈的樓梯間。他翹班越兇，女友就需求更大。曾經整整一月，他們都在汗水與體液裡翻滾，醒來就是吃和做愛，做完就洗澡，洗完澡就睡覺，睡醒就繼續做愛。有時他先睡著，女友會用牙齒讓他的下體驚醒，然後一陣瘋狂摩擦讓他不由自主爆發在她柔嫩與硬質兼具的唇齒縫隙，用近乎榨取的速度。一個月後他回到公司，過量的性愛使他無法工作，只得不斷跑到廁所自慰，發洩被迫湧現的過剩性慾。

與女友不同，性對他並非挑逗神經的刺激體驗，因此他無從同女友那般熱切享受。他不習慣心跳加速，也不喜歡過量的手汗和腳軟。女友曾說：「這是很強的生命力。」她捏著她自己的胸部，撩起裙擺跨上他的臉，一層濃烈的熱氣籠罩他，水聲再度流過耳穴如一條帶著騷氣的溪水。女友仰頭閉眼，嘴裡呢喃：「這樣其實挺好。我喜歡你的膽小，還有又醜又膽小的樣子。這樣挺好，挺好……」

他深信物種是天擇的後果，懦弱如他，應該是大自然的最後選擇。他因此不擅長應對任何極端狀況。平凡的人生，用卑微的姿態戰戰兢兢苟活。

與女友相遇前，自殺的念頭一度長時間盤桓不去。

他恨過父親，為何要把自己弄出來？父親回答，他是意外的產物，家裡根本沒打算生第三個兒子。「本來是要墮掉你的，」父親一臉鄙夷地說：「當初就應該這麼做。」

他沒有吭聲，只是孝子一樣陪笑、倒茶。

家庭與工作爛成一團，他唯一的支柱是愛情。至少他認為是愛情。

因此，當他得知女友出軌時肩膀一下子垮了。他不該偷看女友手機的，他根本沒有能力消化這件事。要說抵抗吧，翹班、拒接電話，還有甚麼？一個又醜又胖的男人，還能幹甚麼？

後來女友還是來了，按下門鈴，他窩在房裡不願開門，女友卻拿出鑰匙直接開啟門鎖，一眼就望見蹲在房裡的他，肚子的脂肪層疊堆擠成一團詭異的肉色小山巒。女友脫下黑色皮衣，褪下絲襪，晶亮的細跟高跟鞋卻刻意留在腳上。他順著高跟鞋往上看，眼神如蝸牛的濕黏軌跡爬過她平坦光滑的小腹，酥軟豐腴、托在黑色蕾絲內衣裡的兩團乳肉，然後是那張清麗可人的臉。

女友彎腰脫下內褲，扔在他臉上。他閉上眼。

女友何時走的他不知道，他醒來時窗外已是沉沉黑夜，女友的情趣內褲還留在臉上。他把它甩開，爬上電腦椅，抹乾嘴角殘留的唾沫，迅速在鍵盤上敲下一個男人的名字。

皮膚科醫生。他盯著螢幕，妒意在心底像火一般燒。清秀臉蛋。看起來有在健身的高挑身材。他頹然關閉視窗，腦袋一團混亂。該直接跟女友攤牌嗎？還是去找那個男人理論？還是，乾脆當作甚麼事也沒發生？

思索了一個晚上，他決定了：他要跟蹤他們。

細雨一絲絲劃過夜幕，在街上積聚一層淺淺的水坑，他縮在租車行租來的車裡，透過雨刷觀察站在便利超商騎樓下的女友。一輛銀色休旅車靠邊停車，駕駛的男人下車打傘，把女友送入副駕駛座，還貼心替她開關車門。他感覺胸口一陣刺痛。女友上車後，休旅車疾駛過街，他趕忙催油門跟上，一路跟蹤那男人的車將近兩個鐘頭，來到一座山腰的土地廟。他披上黑色風衣，面戴口罩，雙手緊緊插在外套口袋裡，一步一步遙遙跟著他們。男人摟著女友的腰，時不時挑逗探入短裙的下襬，毫不忌憚階梯下的其他香客。

時間已經將近十點，天色全然漆黑，晶亮的雨水打在他臉上身上，卻完全不冷。他只感覺雙腿發軟。不知道是因為跟蹤的刺激，還是因為這條長長的上坡路耗盡了體力。

參拜過正神，女友牽著男人奔入後山的小徑，兩人咚咚咚跑上階梯。他假裝閒逛過去，抬頭看著階梯，黑漆漆一片沒有盡頭，兩邊的樹林枝枒層層疊疊越陷越深，幾乎壓輾了可以呼吸的空間。他從後背包掏出用紙包裹好的望遠鏡，拆開包裝的報紙，緩緩步入黑暗。

四周一片漆黑。沒有光。只有偶爾的微風搔過脖頸和臉頰，風中藏著山林的各種細微躁動，每一次稍微特異的聲響都嚇得他一身寒顫。他幾乎沒辦法呼吸。有緊張感，也有罪惡感。手汗如漿液黏稠了整雙手。這件事徹底違逆他生存的法則，可是他卻必須做。

然後他聽見了水聲。

一條溫潤的細流彷彿流過腳底、濘濕了深山的黑夜。潺潺水聲從腳底開始往上竄，竄入他的股間往上，流入雙耳，滲透他肥大的腦袋。

他繼續往上走。拐過彎，一點紅光在漆黑中醒目綻放。

路邊，一小香爐供著小小的神像，頂上用小巧的紅磚瓦砌成一間小廟，紅通通的兩支蠟燭照亮了神像的面孔。一對男女用面對面的姿勢靠在矮廟廟脊上，劇烈地抽插晃動。男女淫靡的呻吟交錯、撞擊，隨著流水打濕了小小的神像笑臉。

他瞪大眼，雙腿一軟，差點要跌在濕滑的石階上。

女友的表情好像正經歷極大的歡樂與痛楚。紅唇誇張大開，眉宇不知是苦是樂地皺著，每一下男人的挺進都讓她吐出高亢而深邃的呻吟。從背後看去，男人的臀部渾圓有力快速抽動，女友雙手緊緊掐著他的背，兩條細白大腿則高高揚起顫動。

跟著顫動的還有他的手。

笨拙的手指一邊顫抖，一邊舉起望遠鏡，貼上右眼。他的另一隻手則緩緩探入褲襠，握住早已硬挺無比的地方。他根本忘記了細雨冰冷的涼意。

這只是一個開始。

女友歡愉的呻吟如今一直迴盪在他腦海，揮之不去。此後每一次自瀆他都會想起女友浪蕩的叫聲，以及在山野間大張雙腿的模樣，那居然讓他感覺更加刺激。

他記得那件事的起源跟一切經過，但是收尾卻無甚印象。關於自己是怎樣回到小房間，怎樣把女友約出來見面，他都恍如夢中。直到他重新站在公園的街燈下，魂魄才又歸了位。

女友與他人交媾的畫面深深烙印在他眼珠子，一回過神，各種感受湧上心頭，羞恥、忌妒、憤怒、疑惑。但是這些情緒匯流一處之後，逐漸出現了一種新的感受。

女友遲到了。她一向喜歡讓他等，他習慣了。等了三十分鐘，女友踏過樹林的陰影，窈窕的身段撲入他懷裡。他推開她，一把拉住她手，將她拉入路邊的小轎車裡，二話不說發動車子就走。

一路上他都沒有說話，她也沒有。兩人安安靜靜注視前方，車身迅速穿過車流往山上去。眼看街燈的數量逐漸減少，女友有些不安起來，開始四下張望。

「我們要去哪？」她忍不住開口。他沒有回答。

車子最後停在一片漆黑的草坡上，草坡盡處是一片黑壓壓的森林，四下幾乎沒有任何光源。其實他沒有特別要去哪，只是隨走隨選，最後就選了這個看似無人的地帶。

女友踩著高跟鞋下車，一臉茫然，然後轉為生氣。

「這是哪啊？」

他二話不說將她撲倒。女友驚呼著跌入草坡，然後迅速被脫去衣裙，只留下一套淡藍色棉質內衣。她咯咯笑起來，動手解他的皮帶。他任由她解開皮帶，脫下西裝褲，卻沒有自己脫去上衣和內褲，只是湊上她的臉吻她。她熱情伸出舌頭回應。兩人的唾液交纏、滴濺，在下巴和臉頰留下一條條黏膩。

然後他鬆開她的嘴，跪起身，雙手大力扳開女友的兩條大腿，不由分說直接挺入。她大叫：「痛！」伸手想推開他，但他不理，反而猛烈抽插起來，動作激烈到她連連哀叫，腦袋還擦撞到草叢裡的石頭，痛得她連聲叫停。

插了幾分鐘，他累了，女友正想趁機脫身，卻被他一把抓起，用力翻向背面，然後從背後插入，繼續一連串猛烈折騰。

「你到底……等一下！搞甚麼啊……」

「閉嘴。」

「停！我說停！」

他掄起拳頭，從她後腦勺敲下。

她發出不可置信的大叫。

他伸手扯住她的頭髮，像騎馬一樣向後拉扯。

「那個男人也是這樣插妳，不是嗎？」

「你在說誰？」

「死女人，不要再騙我了！」

吼叫迴盪在一片漆黑寂靜的山林中，緊接而來的卻是一片窒息一般的寂靜。

然後他聽見一句冰冷、低沉的沙啞說話從前方傳來：「不然你想要怎樣？」

女友回頭的眼神陰冷無比，直直看著他。

「你又醜又胖，做愛的技巧又那麼差，我會出軌還不是你害的？」

女友的話語冰冷，他卻感覺胯下緊密吸附的地方開始劇烈收縮，濃濃的濕滑感延伸到兩條大腿，彷彿自己正跪在一片溫滑的汪洋。他用力一扯女友的長髮，然後捏住她纖細的脖頸，將兩人的臉一下子拉近。

「妳說過妳愛我，那是真的嗎？」

「死胖子，我愛你的錢。」

他怒吼給了她一巴掌。兩人順勢分開，黏稠的液體牽連下體，有如一條混濁卻透明的臍帶。

他趁女友逃跑前撲上去，一把將她按倒，然後強制撥開她的腿，用力把自己塞入那狹窄的隙縫。她這次起了激烈掙扎，但是他的身材太過肥胖，瘦弱的女友幾乎沒辦法撼動他半分，只能任由他粗暴擠進氾濫的下體。

然而，他雖然擠了進去，卻沒有維持太久。她露出鄙夷的神色。

「你真的好醜。」

他流下眼淚，雙手伸向她脖子，然後捏緊。同時他感覺自己下體的殘留還在一汩汩湧出，兩股濃稠的液體交纏為一股腥臭。他手上更加用力。

「你真醜，死胖子。」她嘴角上揚，氣若游絲：「醜得不像人。」

當一切歸於寧靜，他鬆開女友，張開雙掌，看著自己肥胖粗短的手指。突然，那雙手掌罩上一層淡淡紅光，他驚訝抬頭，躺在草地上的女友也全身紅光。然後他扭頭看向那片樹林，層層疊疊的枝椏與樹葉間居然透著濃烈的紅色光芒。

他跌跌撞撞往前走，忘記自己的西裝褲還卡在腳踝，當場無預警被絆倒，腦袋正中女友的腦袋。

眼前陷入一片昏黑。

醒來的時候天色已經濛濛亮，一股難受的涼意浸透全身，他打著哆嗦趕快跳起身，卻發覺草坡上只有自己一個人。

他慌張四下奔跑一圈，甚麼人也沒看見，眼前盡是翠綠的樹木和黎明前的天空，根本沒半條人影。

消失了。那天清晨的他滿頭大汗找了一整天，甚麼人影也沒見到，失魂落魄回到自己的小房間。剛回到房間他便甩上門，發狂似的大聲吶喊，猛力把手裡抓到的一切摔在牆上，摔完開始嚎啕大哭。差點殺人的手感還是存在。

想起那次大哭，他放下手中的夜視望遠鏡，覺得有些可笑。

膽小如自己，連吃魚都不敢正視魚頭的眼睛，怎麼會有勇氣捏住女友的喉嚨？那一定不是自己的本意。回想起來，那天清晨恍如隔世，有如一場虛空的假想，或許根本不是真的。

是真也好，是假也好，自己都被困死在五坪大的房間，毫無頭緒卻也不慌不忙。是真是假都無所謂。

無風的窗口寂靜無聲，房裡的濕氣不知不覺令他滿身淌汗。他把望遠鏡擱在桌上，卻聽砰的一聲，他回頭，望遠鏡掉在地上。他伸手去撿，卻抓不起望遠鏡。

然後他驚覺整張桌子垮了一半，上頭滿是濕黏、汩汩流動的水。

他無法呼吸。

水流過耳腔的細碎聲響蔓延至全身，他露出微笑，這是他熟悉的感受。房間四壁發出古怪的爆裂聲，書架、牆板崩裂收縮，逐漸以自己為中心靠攏，彷彿被巨人的兩隻手臂擰緊而致塌陷。

腥氣如一場薄霧降落瀰漫於房間，視線所及的一切都沾上一層黏稠流水，讓他摸不清所有方位。突然腰間一陣酥麻，他乾嘔兩聲，褲袋內的陽具劇烈抽動。一切似乎陷入死絕卻又生氣勃勃，如甫出世的嬰兒不發一語的詭異寧靜。他發現他自己就是那個嬰兒，一道古怪想法撞入他的腦子：如果可以，我願意放棄自己，成為一個更符合庸俗大眾審美標準的人。儘管他知道那是對自我本身的否定，是毀滅記憶的極致核武，蕈狀煙雲綻放後終將為人唾棄。

但是那又怎樣？他願意做如此想，不計代價。

2.

依稀記得喝醉酒那天，天色也與今天一樣沉悶。他不想動，不想說話，但是同事拉他一把，他就去了，順著那個後輩的牽引跌入五光十色的酒吧。

吉他手的和弦拼命刷動在迪斯可球的霓虹底下，強烈的節奏像海水翻攪每一個人。同事們點了啤酒，然後是薯條，手裡又吃又喝地交換飲料食物，嘴上卻嘻嘻哈哈說個沒完。他沒有參與話題，只是呆呆喝酒。突然間他覺得後輩的側臉與女友很相似，側乳的弧度卻比女友更加上翹。一定是內衣的作用。他邊看邊喝啤酒，幾個同事看他不出聲於是拱他多喝，他照單全收。後輩擔心地拍他的背，問他：「要不要休息一下？」他的回答是再喝一杯。

他醉了。他只是自己不承認。哪一個人喝醉會承認？他晃著腦袋，吐出帶有酒氣的話：「我沒醉。」同事哄堂大笑。他覺得有點生氣：「我真沒醉。」一個男同事邊倒酒邊笑：「你說謊。」他繼續猛晃腦袋：「我沒說謊。」換來又一次哄堂大笑。他怒了，語無倫次、喋喋不休，然後發覺每個同事都在等著看他笑話。他聽見他們談起翹班的事，還有他那有錢的老爸，最後說到他的女友。一人一張嘴如聒噪的烏鴉說個沒完。你們原來背後都這樣說我？他猛灌自己啤酒，覺得又傷心又生氣，「不是那樣，你們閉嘴。」他想這樣說，但是聲音淹沒在音樂的洪流中，那些同事根本沒聽見。一個女同事大笑著說到他女友的身材，信誓旦旦保證那對奶子肯定是在大陸做的；另一個男同事說假的又怎樣，你沒看她走路的樣子有夠騷；一個前輩表示不用忍他多久了，反正他有個有錢的老爸不用自己辛苦，這句話惹來眾人的歡呼。聽不下去了，真的聽不下去了，憤怒的他一拍桌面，擠出生平從沒有過的勇氣猛然起身，肥大的肚腩撞翻一杯調酒，酒水灑了一桌。所有的目光都回頭看著怒氣勃勃的他。他覺得這是極好的時機，是時候替自己和女友說兩句公道話了，於是張大了嘴，然後在整間酒吧包括舞台上吉他手錯愕的目光下，將胃袋裡的東西全部嘔在桌上。

房間。他想回他的房間。後輩安慰他：「快到了，就快到了。」他點點頭，臉上跑過一盞盞街燈的光影，半醒，自己好像在車上，是後輩開車。我們兩個人？他往窗外探，發現這裡好陌生，但是又好熟悉，他正想開口問這是哪裡，窗外閃過一點紅光。「那是甚麼？」後輩順著他的手指望去，笑答：「或許是某間廟吧。」

某間廟，他想起的卻是一間小廟，又矮又小，藏身在黑暗山林的泥壤落葉之間。他想起那個廟公給他的警告：「看見了，不能求也不能拜。」但他有沒有拜呢？他努力思索，卻感覺自己記憶片片散落，有如刻意遺忘的拼圖片怎樣也尋不到。後輩問他：「需要喝點水嗎？」他搖頭，他只想回自己的房間。

停好車，後輩攙扶他爬上五樓，他從口袋掏出鑰匙卻插不進鑰匙孔，後輩溫柔替他插入，然後扶他進房，咚咚咚跑去倒一杯溫水給他。「你快躺下，不要動。」他癱在床上讓後輩替他蓋被子，昏昏沉沉間，他發覺後輩竟然在脫襯衫，粉色的胸罩隨著扣子解開也一併落下。真挺，他想著。女友的究竟是不是假的他也摸不出來，但是眼前這個總是真的吧？後輩鑽入棉被，纖細的手指靈活往下滑，探入他寬鬆的內褲縫隙。

「妳不覺得我醜？」

「一點也不會。」

後輩溫柔地捧著他的臉，輕輕吻他。一股熱流從下盤緩緩上攀，揪住了他的兩隻眼珠、他的耳朵、他的鼻腔。這不是女友，不，不是她。失望和躁鬱同時湧上，他撥開後輩的手，後輩卻執意抓住他，整顆腦袋陷入被窩，他的下體頓時被一股溫熱輕輕包覆，尖端被一條濕滑靈活的東西來回刺激，他發出不自主的呻吟，那股濕潤的感受開始上下緊縮抽動，而且越動越快，棉被裡傳出淫靡的嘖嘖吸吮聲。

當他大口喘氣、推開忙著替他擦拭的後輩，他已經說不出話。下體好痛。他低頭，自己的硬物居然比剛才更加硬挺。窗外的朦朧街燈透入玻璃，他不能清楚看見後輩是甚麼表情，她緩緩躺倒，張開雙臂，閉上眼睛，然後沒有再動過。

他站在床畔俯視這具毫無防備的赤裸女體，他也裸著下體，而未擦拭乾淨的乳白體液一滴滴落上枕頭，沒有人理會。

也不曉得過了多久，他就這樣直挺挺釘在地上，像尊塑像硬梆梆動也不動。後輩的呼吸越來越粗重。夜已深沉，窗外城市光點一盞盞熄滅，但國道的燈有如一條長龍依舊發亮，細小光點閃爍不定。長龍的盡頭有一座山，山上不慍不火燃著一盞晦暗紅光，似廟宇門堂隨風輕搖的朱紅燈籠。有甚麼碎片剝落了，忘記了，那盞紅光由視網膜向下捲起、剝落，連同某塊懊悔的記憶如一滴鼻血輕巧墜落，碎滾一地。

緩緩地他彎下腰，伸手探入幽深無光的床板底下，從而拖出一包沉甸甸的黑色大塑膠袋。塑膠袋的袋口用死結胡亂綁著，他由床底抽出一把沾著紅漬的大剪刀，輕輕剪開袋口，露出裡面一張清秀的女人臉孔。剪刀往下剪，剪開皺摺密布的外殼，一具蒼白但熟悉的女人裸體如洋蔥被剝露，右手腕處箍著一支銀色手錶。他知道自己更硬了。

打開女人雙腿的同時，一道清澈、靜謐的水流緩緩由房間的四面八方匯聚到自己腳下，形成一潭腥氣四溢的死水。他嗅著這股騷氣，把自己推向女人的柔軟下體。溫熱的腔道包覆了他。比甚麼都更溫暖的地方。

他機械似擺動起他的腰，低低喘氣，動作跟一頭發情的豬一樣自然而然。

女人的瞳孔無神睜著，他邊賣力抽動邊望著那兩汪死水，裡面倒映出一張纖瘦、白淨的男人臉孔，還有精壯結實、正在運動淌汗的身軀。

好安靜。好溫暖。

他感覺這景況有如一場自己反覆練習的夢。

夢中他尚且青澀，一個人偷偷在房裡自慰，對著一方書桌前的鏡子。然後他發覺自己的床是濕的，抬起手掌會沾黏一條條透明黏液。莫名的衝動促使他趴上床，把下體塞入被褥的縫隙，從沒有過的愉悅感快速衝昏腦袋，他愉快地發出大叫，然後房間消失了，床單成為一具死板的女人肉體，身上掛滿毫無美感的贅肉和膿瘡。他繼續抽插，努力扭動腰部深入女人體內，儘管女人毫無知覺，彷彿陷入一場又深又沉的長夢，而肉體只能任他蹂躪。當他興奮抵達極致，胯間的溫熱緩緩擴散，水流不知不覺已經深及膝蓋，他沒有辦法抽身，下體不自主繼續衝撞女人恥毛遍布的穴口，突然他的腰陷了進去，他驚詫想拔開但沒有辦法。跟著是他的左腳、右腳……變魔術一般他絲毫不會痛，也沒有任何恐懼的感受，只是眼睜睜看著自己逐漸塌陷，折疊塞入女人的兩腿之間，浸泡於黏稠的液體和潤滑的腔壁。

最後他肥大的腦袋擠入穴口，深入一片泥濘漆黑。

那是場纏綿多年的夢。性愛的耽溺伴他走過這些歲月，荒誕的夢隨著自己對性的逐漸了悟慢慢崩解。可是他記得，那具死屍般的女體有山巒似的疙瘩和膿瘡，在他沉溺泥沼前，所有瘡疤一齊爆裂出一條條肥嫩、蠕蠕爬動的蛆，那樣的視覺衝擊居然與性愛緊緊聯繫。

這場夢後他覺得自己更加殘缺，但也更加完滿。安安靜靜的房間裡，他沒注意到後輩靜靜望著他，用無比安詳的眼神，似乎把他從臟腑到皮囊都完全看透。他只在乎窄小濕熱的兩人交合處，像一把鑰匙奮力與鎖孔磨合，又像一個無法離開的房間。

最終他迎來了命運軌道偏執逆行的必然，向來怯懦的自己彷彿丟棄所有恐懼了，好像那些嘲諷的耳語、現實的壓力再不能傷害自己，那些如夢似幻的性愛一吋吋爬入耳腔、鑽入大腦，給自己打上一劑濃烈的痛快麻醉。沒有人可以傷害自己，也沒有人能確定，究竟這一方窄小房間如何能構築溫潤的巢，豢養一隻懦弱的豬。或許，他本不該在黑暗裡對那間小廟五體投地懇求慰藉；又或許，一切的真實都不再重要，只要他快樂，夢亦似真，無可無不可。

月色照在三線路

劉兆恩（中文博二）

雅芳裸身躺在鋪著白色床巾的床上，整個房間只點著床頭櫃上的閱讀燈，炫人的黃光直直地打在她的臉上，照得幾乎睜不開眼，雅芳只好將雙眼的視線別進了床邊的落地窗。落地窗貼著反透視的深色玻璃紙，若從玻璃窗外面是看不進來的，而從裡面望出去，飯店外的光景卻是一清二楚。

窗外的天空暗得沒有半點星光，只有一輪圓月遠遠懸在一棟辦公大樓後面。一開始，她還以為那是炫光的殘影，直到眨了幾次眼之後，才確定那真的是一輪滿月。圓圓滿滿的，不知為何，雅芳心底突然生起一股莫名的喜悅。

隨著傳自下身的跌宕，她的背脊也反覆抵撞著偏硬的彈簧床，此時床巾尚未溫熱，雅芳便被冷出一層雞皮疙瘩，乳尖也不由得挺立了起來。股間的客人見狀，還以為雅芳十分投入，連忙卯足腰力，向前奮力衝刺。

在台北的冬夜裡，即使飯店的房間裡開了空調，雅芳還是不禁冷得弓起了身子。她以雙腿交叉鉤住男性腰背，職業地呻吟幾聲，眼前這個頭髮花白，身上帶著一股陳朽而濃膩體味的中年男子，便很是乾脆地在她的裡面乾抖了幾下，滿足地拔出他那肥滿而癱軟的陽物。「我把才剛脫下不久的內衣褲穿上，一轉眼，那個快槍哥竟然一臉得意地抽起事後雪茄來了！媽的，我的胸罩都還是溫的。」

雅芳戲謔地說起剛剛的交易，與她對坐在速食店內用餐的莊俊平，哇哈哈地仰頭笑了起來，翹起的二郎腿卻不小心踢晃了單腳餐桌，桌上的熱咖啡便濺了雅芳一裙子。雅芳慌亂地站起來，從桌上抽了幾張餐巾紙擦拭被潑溼的裙裾，而莊俊平卻兩手叉在腦後，宛若事不關己般看著。

她知道，莊俊平正窺視著她領間倒露出來的雙胸。

「欸，雅芳！今晚到我那去休息吧！」

莊俊平一臉悠哉地說，但是雅芳卻沒有接話，只是靜靜地望著速食店的玻璃帷幕。可是速食店的樓層實在太低了，雅芳看來看去，除了建築物的牆面，就是各式商家的招牌。

「啊！月亮不見了。」

雅芳將手中的餐巾紙揉成紙團，隨意放置在垃圾桶的檯子上，默默在心裡叨唸著。

在搭著莊俊平車子回到他賃居的淡水時，一路上雅芳都將她的視線留給了外頭高速後退的風景。高掛在天的一輪明月時而被烏雲掩蔽，時而被建築物遮擋，忽隱忽現的行蹤反而讓她更感興趣，彷彿是一種值得珍惜的確幸。就在這個時候，車上電台節目的ＤＪ突然播起了一首聽眾點播的台語老歌：「月色照在三線路，風吹微微，等待的人，哪袂來。」

這首歌來得真是時候，自從到這裡工作後，她就不曾再聽過這些歌曲。剛成年的時候，她曾經在台中市區裡的卡拉ＯＫ店陪唱過。那個年代來店消費的客人唱來唱去都是這些：節奏明快的〈淡水暮色〉、可以與陪唱妹對唱的〈雙人枕頭〉、〈雪中紅〉，又或者是這首帶著淡淡憂傷的〈月夜愁〉。那時她並不覺得這些歌曲除了特別老舊之外，還有甚麼特別之處，卻沒想到，此時竟然成為她的鄉愁。

她正準備開口跟著唱，莊俊平卻將頻道給切走：「媽的，這甚麼鬼。」他毫不在意地笑著。不知道從什麼時候開始，他們開始了這種關係。

雖然像她這樣的女孩基本工作就是上床，但她不知道，為何在這一次次令人厭煩的例行公事中，唯獨她的馬伕莊俊平才能讓她感受到，做愛之所以為做愛的原來面貌。有段時間雅芳甚至還以為他們這就叫相愛。

除了雅芳之外，莊俊平還得負責接應其他三名女郎。她們幾個人因外型與特色的不同，而被分派著各種風格：例如就讀私立護校的小慈走的就是清純學生風；離過一次婚的雯雯，則搶搭前時模特兒主演的偶像劇所帶起的人妻熱潮，而走向熟女人妻風；另外，也有婷婷這種外表亮麗，擅長打扮的冶艷型。至於雅芳，則在自我嘗試了幾次後，才終於定位在公司秘書的ＯＬ風。

倒也不是姿色不如人，只是像雅芳這類型的年輕女性，在整個台灣，不，就算是在台北市裡頭也實在不知凡幾，若真要說的話，大概就像工廠量產的複製人一般平常。當她拿起那些化學物質調製而成的粉膏，在鏡前為膚質每況愈下的面孔上妝時，時常忍不住想像著，在這個城市裡，有著數以萬計的複製人們都像她一樣，每日早晨都將使用著相同品牌的化妝品，日復一日畫著相同的妝容，並產出一張張相同的臉龐。

「就算有一天我青春不再，也能立即補上下一個和我一模一樣的援交女郎吧！」她想。

雅芳鮮少有機會和其他女郎交談，她們的八卦大都從莊俊平那裡聽來。而當莊俊平眉飛色舞地談起其他人的事情，卻也毫不在意地透露自己與其他女郎的房事。剛開始發展出這段床上關係時，雅芳總學不會停止幻想他是否也在同樣的房間，對其他援交女郎也說著同樣的話，並且射在同樣的地方？不過如今在絕大部分時候，她早已能夠習慣性地裝傻，如此她才能夠去相信這類男性射精後的床頭囈語。值得欣慰的是，他總愛在射在我的乳房之後告訴她：「妳是讓我最爽的那一個。」有時候雅芳會不由地想，人們總以為生活就是在一個習以為常的循環裡反覆運行，直到某次突如其來的脫軌，將人帶往一個全新的循環裡，然後又開始習慣。就像那個念護校的小慈，因為缺錢而被同學拉下海，一開始還相當羞赧，汪著淚眼說不習慣這樣做、不敢一個人接客，要求一定要跟她同學一樓二鳳。後來不知怎麼搞的，小慈竟然就做出興趣來了，如今她的同學已然在這個領域中慘遭淘汰，小慈卻因樂於此道而大紅大紫。

「妳知道嗎？每個人身體中都有一個特殊潛能的開關，它就藏在人類腦中那九十幾『爬現』一輩子都用不到的位置裡。一旦不小心打開了那個開關，嘿！妳知道愛因斯坦吧，那可厲害的咧！他就是因為開啟了他的潛能，才終於發明了相對論這玩意。」這是莊俊平在一次酒醉後聊到小慈的轉變時，神來一筆地迸出來的歪理。

那麼或許，小慈應該也打開了那個屬於她的，一個特殊的開關吧！雅芳想。幾天前，莊俊平接了一位臨時急約的客人。

雅芳想像著，這個色急衝腦的客人可能是個中年失婚的上班族，由於身無長物並且背負著一個本應承載幸福家庭，如今卻妻離子散的房屋貸款，又因為生活過於單調，而使得說話的笑點如頂上的毛一樣稀疏，致使身邊的女性從不對他感到興趣的那樣子的，性慾暴漲的男性。

但當雅芳走進房間，坐在床角的卻是個年齡與她相仿的年輕男子。

雅芳職業性地緩緩解開胸前的襯衫扣子，沒想到那男人連忙連喊帶動作地，比了一個籃球裁判喊暫停的T型手勢叫停。

「等等，請問我們可以來場野球拳嗎？就是輸一把脫一件的那種。」他問。

「當然，不過我們是計時制的，猜拳的時間也要算……」雅芳低著頭把扣子扣回去：「怕你覺得不划算。」

男子想了想，覺得好像有幾分道理，便讓雅芳接著繼續脫下衣物，當她只剩下一件寶藍色丁字褲時，那男子卻從背包裡拿出一件黑色套裝和絲襪，要她照著日本片子，演一個課後性虐學生的淫亂教師。

男子脫下外褲，貼身的三角褲已經鼓了一團。他躺在地上，雅芳稍稍撩起裙擺露出丁字褲，一邊以穿著絲襪的腳掌斯磨他的下身。就在這個時候，男子卻突然「喂！」地叫了一聲。

「妳是那個張雅芳吧！」

雅芳驚詫地看著他，端詳了許久才認出他來。

「靠！你是阿嘴？」

於是一場午後的性交易，突然在這樣的時空中，被錯置為一場溫馨的同學會。更令雅芳難以想像的是，這個國中時總愛亂彈別人肩帶的猥瑣同學，如今卻執起教鞭春風化雨般的誤人子弟。

她才知道，這個阿嘴的歷任女朋友們都是學校裡的同事。

可想而知，這些師範體系出身的拘謹女孩們，大概都因無法接受這樣特殊性癖好而紛紛求去，他只好透過其他管道尋求他渴望已久的滿足。雅芳不禁想像，這個利用課餘時間偷跑出來的，剛剛還奮力在她身體中挺進的國小老師，明日仍須甩著他沾滿體液的陽物，在未經世事的孩童們面前教授公民與道德。

為了留念這場雖是同窗，卻在床第之間重逢的戲碼，雅芳與阿嘴相偕走進附近的一家簡餐餐廳用餐。席間，不免聊起了彼此國中畢業後的經歷，才知道成績差強人意的阿嘴，高中時在補習班被一個女中的同學煞到，他自覺以自己三流高中學生的身分，去追人家亂自卑一把，因此發憤提昇自己的課業成績，意圖在補習班貼的段考成績表揚紅單中吸引她的目光。

結果，女中妹諷刺般地與一個讀高職的同學交往，而阿嘴卻莫名其妙考進教育大學。他憤憤地說師範體系的女生真的有夠柴，又難搞又不配合。他半開玩笑地向雅芳說哪像妳的身體開發這麼早，難怪剛剛那麼騷浪淫蕩。

雅芳突然想起國中時候一個暗戀過她的三年級學長。在他告白不成的隔天，她發現整個學校彷彿變了一個世界。從他人的面孔紛沓而來的詭異曖昧眼光，不時戳動她的每一根神經，而那些過去與她十分要好的姊妹們，更是彼此紛紛交換以一種輕鄙的微笑。正當雅芳不知其所以然的時候，一個調皮的男同學突然隔著制服彈了她的肩帶一下，一臉猥瑣地說：

「欸！所以3P的感覺到底爽不爽啊？」

「啊？3P？什麼3P？」

「沒……沒有，沒事……」

男同學賊忒兮兮地跑走，留下一頭霧水的雅芳，兀自為被肩帶彈了一下的肌膚發癢。

流言蜚語並未在老師們的面前被停止，反而像堆糞蟲的大便一樣越滾越大。那時雅芳是真的被班長帶到輔導室裡面，那種另外用木板隔開的會談間裡。是在簡陋的房間內，會坐著一個戴著橢圓金框眼鏡且面型削瘦的刻薄臉女老師，以尖酸的扁平粗糙音調開始說教。

在那樣黏稠靜滯的時光裡，採光不良的斗室僅從窗外的細縫中透露些許日照。從老師口中吐出的言語逐字變成塵蟎，映著光繩在空氣中旋轉，紛飛了好一陣後才開始降落，有些停在茶几的玻璃桌面上，有些停在書架的《輔導原理》或《青少年心理學》一類的書上，有些則又飛回她自己的口中。

「妳應該更潔身自愛一點，像老師這樣，把珍貴的東西只留給最愛的人……」

「但說穿了只是個老處女，不是嗎？」雅芳這麼想著。

後來她才知道，原來告白慘遭拒絕的學長，為了保住他在同儕和小弟間的面子，大肆宣揚他和幾個在道上混的兄弟，輕易地把雅芳騙到自己家裡破處一類的事。當然，這個「張雅芳」在他們面前如何淫亂騷浪、如何飢渴地需索他們進入的部分，肯定需要大書特書。

於是雅芳的浪名自此不脛而走，一些男同學紛紛開始邀她玩起了野球拳：規則是猜拳輸的開一顆鈕扣，而贏的就可以扣回一顆，直到制服上所有鈕扣都輸光，就要讓贏家看自己的裸身十秒。剛開始雅芳並不理會，但時日一久，她又忍不住轉念：如果連這樣的人際關係都沒有，那她還剩下什麼呢？流言發生後的下個學期，教國文的班導師突發奇想似的將班上幾個程度比較好的學生分配到每一排擔任小老師，他們除了幫忙改自己排上同學的考卷，還要教會同學到底錯在哪裡。至於雅芳，雖然之前大抵能抱佛腳來換取一點比較能看的分數，然而她的小老師實在令人心動。他是那種每個班上至多只能分配到一兩個的，長得帥、功課好，籃球又打得行雲流水的人生勝利組。於是她從此不再抱佛腳，選擇以真正的實力來換取三四十分的國文成績。

雅芳終於如願的把他留在身邊。

當他們約好放學後留校訂正那些因錯得實在太多，而無法在下課時間一一討論完的考卷時，雅芳偷偷把制服上的扣子解了兩顆，然後跪坐在木製的椅子上並將雙肘擱在桌面，用一種表示崇拜的語調與表情，將暗示一波波推向人生勝利組。幾次後，雅芳索性加碼，把肩帶偷偷調鬆一些，好讓他能在觀賞雙峰的同時，還能看見特別為他準備的，只屬於他的專屬部位。

就在一次晚自習，人生勝利組終於帶著雅芳，揣著她事前為他準備好的杜蕾斯保險套，趁著夜闇偷偷潛進教師用的，比較乾淨、比較芳香、比較大間又比較少人進出的廁所。

當兩人氣喘吁吁地轉進廁所，洗得一塵不染的白色磁磚，在鋪滿日光燈照的斗室裡相互輝映，迷亂的光影與薰衣草氣味的廁所芳香劑，混合成一種令人反胃的潔淨。此刻，她覺得他們兩人就像被納粹囚禁於毒氣室的赤裸猶太人，被高漲的情慾和費洛蒙給窒息在這個燠熱的夏季夜晚。

「欸欸欸是這嗎？」

「不是啦！再下面一點。」

「等等！你太下面了，那是人家的屁股。」

戴上保險套的人生勝利組緊張得滿臉通紅，他激動地以右手及口舌罩住雅芳的雙乳，身上的汗水一滴滴滑落在腰間，她看見一隻被蒙上眼的孤鳥被左手握著，昂揚卻無助的在她的雙腿間找不到入口。就這麼東戳西戳間，孤鳥竟然就吐了一大口白沫。沒想到，雅芳與人生勝利組自那令人窒息的異度空間中脫逃後沒幾天，人生勝利組就當著她的面被人毒打了一頓。

「高材生很囂張喔！」

「幹你娘，學長的女人你也敢動！」

被打成豬頭的人生勝利組捧著一顆被打掉的門牙，跪坐在地上楞楞的不發一語。良久，他終於意識到雅芳還站在他旁邊。她本想伸手去扶他，卻被他惡狠狠地撥開：「公車！」

於是雅芳決定離開他。

她小心翼翼地，摺疊好那張為了上次約會所準備的，上面打著杜蕾斯衛生套等字樣的統一發票，並收藏起來，以作為第一次戀情的紀念。此後，人生勝利組毫無意外，順利的考上第一志願一路念上去，接著到國外喝起了洋墨水，而雅芳則在職校畢業後，便輾轉在檳榔攤與卡拉ＯＫ店裡討生活。二十歲之後，遇上了她的馬伕莊俊平。此後，便在這個紙醉金迷的城市裡展開漫遊，以股間丈量起整個雙北都市的情慾版圖。「咦？」

當雅芳與阿嘴聊起這件往事時，沒想到他卻拉出一道疑惑的長音，割裂了雅芳的無盡緬懷。

「不是吧！」

「就我所知，人生勝利組跟隔壁班的李筱君才是一對吧！他們從國一一路交往到畢業。最後因為人生勝利組到維也納留學時，在那裡認識新對象才提的分手不是嗎？」阿嘴解釋道。

雅芳楞了一下，急忙爭辯：「他最早交往的對象是我啦！我們之間是因為被學長的干涉才分手的，那個李筱君應該是在我之後才跟他在一起的吧！」

「不對啊！」

阿嘴皺起眉頭，說記得他跟人生勝利組曾在某天的下課裡，一邊看著她跟別的男同學玩野球拳，一邊抱怨起隔壁班的那個李筱君交往這麼久了，怎麼到現在還死都不讓人生勝利組把手伸進去摸一把胸。

「不像那個林雅芳。」人生勝利組得意的說：

「她整個胸部我都看過咧！」

「對啊，整個喔！包括她的奶頭，我才發現原來她的色澤這麼粉紅。與鎖碼台播的那些黑棗根本是兩個不同的檔次。」

人生勝利組如此極力描摹，她為他精心準備的乳房。

那些影像，就這麼透過話語流轉至阿嘴的腦中，重新形塑出一個與她相似又不全然相似的全新乳房。接著，如細胞繁殖般在乳房下方派生出腰肢、肚臍，接著是青春期才逐漸豐厚起來的臀部，還有昨日才修飾過的、整齊而稀疏的陰毛。最後，終於長出了狀如鮑魚的，一伸一縮渴望吞食一切慾望的神祕地帶。止不住的幻想搔得阿嘴心癢癢的，嚷著說要排隊玩野球拳，人生勝利組卻急忙拉著阿嘴：「白痴啊！萬一被老師發現怎麼辦？偷偷告訴你，最好的策略就是讓那些腦包的色鬼去玩，我們躲在旁邊看。這樣，既可以看得到裸體，也不用擔心輸了要脫衣服。就算老師發現大家在玩這個，從沒有參加遊戲的我們，還不用接受處罰咧……」

其實阿嘴到現在還是搞不懂，為何這個成績好、體育強，平常很少跟自己搭上話的同學突然想要跟他提起這些。是否是因為他那青春期高漲的性慾因女朋友的拒絕而難以消退，故而必須對他人反覆闡述這些意淫瑣事聊以消憂，又或者他只是想找一些志同道合的夥伴，在無盡的慾海中探勘那幽闃深邃的偉大航道。只是作為一個相對客觀的他者，阿嘴卻在無意間記錄了一段愛情慘劇，並且可能比她摺疊在記憶中的，那張泛黃的杜蕾斯發票還要真實。

阿嘴喝了一口健怡可樂，叫了撇嘴提起了人生勝利組的那個正牌女友：

「不過說到這個李筱君喔，其實也不是什麼好貨色……」

他提起那個女人其實有慣性劈腿的習慣，整天巴著高年級的學長要東要西，逗得那些學長心癢癢地，把她視為自己的女人。大概是學長發現李筱君與人生勝利組才是一對，於是才烙了幾個小弟去教訓吧！

「所以搞不好，人生勝利組被打的原因跟妳一點關係都沒有。」

說到這裡，雅芳頓時毫無防備地，被甩進一個與自己如此切身卻又陌生的情節當中。這些在在相信著的記憶，一瞬間被拆解並以晴天霹靂般的姿態重新組合，拼湊成完整而全面的初戀。自從遇見了阿嘴之後，雅芳曾試圖在梳妝台的小抽屜裡重新尋回那一年夏天的唯一史料，但找了半天卻只發現一張疑似發票的淡黃紙條。她逐漸意識到那逐年泛黃的發票上，字跡不斷地向淺色光譜間行進，並退縮成難以辨識的面孔，在整個城市裡流淌開來。也許人生勝利組被打斷一顆牙的當下，他已經走進腦中那九十幾趴的空白處打開了潛能開關，並且趁著時間，將回憶一點不剩通通都盜走了。

通通都盜走了。

她聽著莊俊平車上的電音舞曲，心底卻默默的接著剛剛的老歌繼續唱下去：「心內真可疑，想袂出，彼個人。」

她想起那天沒班，在熱鬧的忠孝西路上閒逛，鋪在柏油路上的光毯早已分不清月光、霓虹倒影還是什麼。當雅芳正抬起頭來尋找月亮的時候，她的莊俊平曾經擦身而過。

莊俊平的身邊摟著那個搶搭人妻風潮的熟女雯雯，兩個人嘻嘻笑笑地往旁邊的高級飯店走進。她本想回過身去喚住他，卻啞口不知該說些什麼。

芭樂電影情節

丁維瑀（中文三A）

關於家庭的記憶，多數都鮮明飽滿如多汁香甜的果實，但也有少數幾幕黯淡卻無法輕易遺忘的，別人問我的童年，我總會回答是在台南舊家內的小花園度過的，我不是孤獨的小王子，沒有美麗驕傲的玫瑰陪伴我，通常爸媽會在花園內看書、喝茶、照顧植物，他們給我畫冊，我就在上面建築自己的天地，那時還是個富有想像力的小男孩，而長大後，談到爸媽的相處，居然就只剩幾幕斑駁的畫面，那是在狹小的車內，冷氣壞掉發出嗡嗡的低鳴聲，窗外吹來悶熱的風，爸媽沉默許久，他們大概以為我睡著了，在下交流道前，我爸才終於開口：「我們還是可以做彼此的朋友。」可惜這不是個好的提議，一下就被我媽無情的回絕了，我爸尷尬笑了笑，之後，就轉身奔向他嶄新且未知的小天地了，他們在分開後處得並不特別糟，還沒簽字的理由絕對不是我，只是兩人生性都懶散，只要能各自和平的生活，保持分居的狀態也無傷大雅。我們原本在南部生活，後來因為爸爸的工作因素搬來北部，或許是不適應這個新的城市，爸媽的心態和身體在異地的空氣下產生了劇烈的轉變。爸爸不知道從何認識了一個三十多歲的阿姨，我在他的的電腦裡看過他和阿姨的照片，阿姨跟媽媽是兩種截然不同的類型，媽媽愛畫濃妝，走路一副女王的姿態，阿姨在照片中則是上著淡妝，噘著小嘴靦腆的看著鏡頭，一副涉世未深的面孔。我跟一般的大學男生相同，帶有正常的性慾，喜歡欣賞美女，稚嫩或是有些年紀的皮肉都有不同的美麗，我不常做人身攻擊，標準跟大眾不太一樣，每次和朋友混在一起，他們在談論哪個球經的腿太粗時，我都說你們瞎了嗎？她的眼睛那麼美，朋友說拜託不要搞錯重點了。

難道他們都無法看見，不同之間的女人所散發出來獨特的美麗嗎？至於，阿姨是什麼樣的女人呢？很抱歉的，這是我首次說出這樣的字眼，她是個百分之百醜女，這樣的評價，當然不是因為我是媽媽的兒子，這只是直覺反應，而且有一點我總想不通，阿姨的臉真的有辦法讓爸爸硬起來嗎？好幾次跟爸爸見面時我都想問他，但話到了嘴邊又吞了下去，這個問題會帶給他困擾，他是個正經的人，在學校當教授，投注滿出來的熱情在教學上，但很殘酷的，不多人看見爸爸的努力，學生嫌他作業多給分又硬，爸爸的課很少人要搶，它不是堂爽課。而他常叫我上課要認真聽，他說認真上課的學生以後一定有好的出路，因為他們懂得尊重，說真的，自從上了大學，要把專注力放在課堂上真的變得太困難了，當然，爸爸心底其實是知道的，我是不及格的學生。

上個禮拜我跟女朋友分手了，其實不是女朋友，是學長的女朋友，我們沒有鬧翻，還是朋友，就像爸爸媽媽那樣的和平，她仍會傳訊息給我，我們的關係像一淌混水，比近視九百度卻找不到眼鏡戴上還模糊，我朋友試圖想要扮演隱形眼鏡的角色，貼近我的瞳孔讓我看明白一點。

「她就是個愛亂勾搭的漂亮女生，你知道她昨天還去學長家睡嗎？」可惜他的忠言（算嗎？）只是戴不久的日拋，一下就被丟進垃圾桶了，對我沒有太大的影響力。她原本就跟學長在一起，是我走入他們的感情，我們都在忙系學會，開完會後她問我要不要一起去吃宵夜，好啊走啊，剛好我肚子也很餓，我跟學長關係還不錯，會打打屁他也滿照顧我的，她知道我跟學長是好朋友，所以學長變成了我們的共同話題，吃滷味吃到一半她居然開始哭了，女生的眼淚就是這樣，情感的開關總是容易短路壞去，讓我比較煩悶的是今天的豆干滷得很不入味，老闆依舊笑容滿面切著青菜蘿蔔，滷汁也跟平常一樣咕嘟咕嘟的冒著泡泡，那今天的豆干到底是出了什麼問題？

「你知道他是會長，整天忙系上的事情都不理我，而且最近又一直跟別系的副會長聯絡。」她哭哭啼啼的聲音把我拉回了現實，從豆干的狂想異夢又回到她的戀愛瑣事。

「他只是跟她在討論活動的事情吧，別想那麼多，因為最近我們系要跟別系合辦聖誕節活動啊。」我隨口說了一些安慰的話。

「是有很多事情要討論沒錯，不過這樣冷落我，他難道都沒有想過我的感受嗎？」可能沒有想過吧，因為在他的世界，公事比你的情緒只是大腿比雞腿，大家都看的出來。不過我沒有說，太過誠實的話語不適合她脆弱的心臟，可憐的女孩，你這麼容易為感情難過，哪像我媽曾那麼著迷於我爸，結果突然冒出一個莫名其妙的阿姨就跟著她走了，要是這情境被妳遇到，妳不是要跳樓自殺了，看開點，第三者通常都很出其不意的冒出來，就像開車在迷霧森林中突然撞上一頭無辜的小鹿，好美麗的毛色還有纖細的四肢，把牠帶回家吧，讓家裡那頭肥大的母牛看看世界上原來有這樣的生物。

「你剛剛說什麼母牛？」

「沒事，我只是說學長不是那種人，他只是最近忙了點。」

「好吧，那就相信他吧，欸欸，你可以送我回家嗎？因為現在有點晚了，我家那邊的巷子很暗。」

陪她走回家的路上，她也是嘰哩巴拉的談論學長，評論家的影子在她身上冒出，她得靠分析學長的優劣給社會才能賺點錢。在她進家門前，我們交換了彼此的Line，她說以後再一起出來，不只是宵夜，早餐、中餐、晚餐都可以。之後我才意識到，在她開車上路的夜晚，我正在樹叢裡沉迷於莓果香氛所帶來的快感時，她從很遠就已經瞄準好，對著一個黑色的小點，不加思索就加速油門衝撞過去，那小黑點就是我。

偷偷摸摸的感覺當然不是很好，尤其欺騙的又是照顧我的學長，我與她都心知肚明，她愛的是學長，我只是一時的依靠，等學長忙完活動後，我們得停止再聯絡，都知道的，只差沒有白紙黑字的寫出來裱框釘在牆上，各取所需這四個字緊緊套在我們的身上，像宿命，我們連一張合照都沒有，拍照這種只需拿起手機按個鍵就完成的事，但是，就是沒有。而就算注意著所有的小細節，她還是因為這件事而受傷害，有學妹發現了，還在臉書上發文罵她，沒有指名道姓但很明顯，但那學妹怎麼會知道這麼秘密的事？或許是靠觀察吧，只要用心看，就能看出許多蛛絲馬跡，可以去寫小說了，我在心中這麼讚嘆，她則是在旁邊一直哭。

「她們都把我罵得好難聽，你有看到底下的留言嗎？」

「她們怎麼說不重要，重點是學長有說什麼嗎？」

她聽到我的回答後情緒就暴走了，雙手在空中揮舞，臉部表情因為肌肉的拉扯變得扭曲歪斜。

「你知道我在乎的就是別人怎麼看嗎？學長會原諒我，但是那些人永遠不會，只會把我在系上的名聲搞臭搞爛，你可以理解這事的嚴重嗎？」

「但我們就是做了，不然妳要怎麼樣？」

「我知道了，你要逃走了對吧？把我丟的遠遠的，讓我遭受謾罵、唾棄、輕視，然後你就這樣一走了之。」

「我們早就該想到後果。」

她什麼也聽不進去，只是拿著手機一直發抖，過了一個小時後，用冷靜的聲音叫我出去。雖然走了，大家在系上還是會遇到，有些課分組甚至還同一組。而她癒合傷口的能力只能用奇蹟來說明，過了一個禮拜，她就容光煥發的來上課，跟學長的感情聽說更好了，學長私底下留言給我，他說他不會原諒我，但我還是學弟，叫我繼續去練球，學長是聖人啊，打了他的右臉接著又：

「來，左臉也給你打。」

這件事讓系上同學很興奮，新的八卦注進了不少人的血液中，給予了他們精神上的養分，其中一個朋友還對我刮目相看，能跟那麼漂亮的系花勾搭，道德標準對於一些人只是糞土一般的存在。我跟她的關係現在想想也是糞土，她之後甚至來找過我一次，用著好女孩甜甜的口吻感謝男朋友是如何的包容，還說跟我在一起確實很快樂，「只是那些人對我的批評一想到就會難過。」與其說難過，不如說是痛，她脫口而出好多的詞彙表達痛的感覺，甚至還用了一些富有詩意的句子來形容，但你在床上跟我爽的時候怎麼智商就跟三歲小孩一樣了？之後她問我要不要再去吃宵夜，新開的串燒在巷子裡，有椒鹽嫩牛肉哦，我好像預見了爸爸身邊的那位阿姨就站在眼前，邀請我一同編織危險又華麗的陷阱，但織網的手法都很粗糙，只是同樣的伎倆，我拒絕了她，她留給我的感覺只剩下恐懼，每個夜晚，她仍舊開著車失控的在森林中橫衝直撞，直到捕到下一個獵物前，她是都不會放棄的。

切水果只要沿著幾條隱形對稱的線，將刀沿壓下，自然就會得出漂亮均勻的果片。將水果完美的呈現，或許也需要天份，很擅長料理水果的人，要切出精美藝術的盤不是難事，而他們總是更進一步，將水果入菜，利用水果的酸甜將菜帶往另一境界，我想念媽媽之前的水果肉捲，自從她沒和爸在一起後，那道菜就再也沒有被擺上餐桌。肉捲的滋味會再度浮現在舌尖上，是因為今天去爸爸的新家找他時，一進門就看到餐桌上有一碗切好的蘋果，果片放在外面太久，氧化成陰沉的暗黃色，就像女性私處清潔用品廣告上的蘋果，用來比擬私處的蘋果，是水果但你不會想要吃下一口的蘋果，爸爸切的。爸爸的手藝本來就亂七八糟，也從不理會家事，他每次都說那是媽媽的事，而且媽媽愛做，如果做家事本來就是媽媽的命運，為了一個心愛的人，其實再多辛苦都會化作塵埃消散，但當心愛的人跑了，曾經的不滿會轉化為憤怒的物質，媽媽消極到不再碰任何的清潔用品，廚房的刀叉碗盤也再沒有觸過彼此發出匡啷聲響。

她要求爸爸給更多的錢，用多出來的錢請人來打掃，跟朋友去喝下午茶，她的妝更厚重了，從前她就不是會懈怠妝扮自己的女人，深處竄上來的解放席捲了她，每次出去都要比選美還誇張，一些愛情有關的書不是說過，在家裡當黃臉婆也要記得打扮自己，老公才不會跑掉，但是媽媽什麼都有了，臉蛋身材還有處理生活大小事的才能都具備了，還被丟棄是什麼樣的道理？就是其中根本沒有道理可言，生活就是如此，越擠破頭想弄清楚世上的真理，反而更加惶恐，讓自己都得了焦慮症，還是不解。

剛分開的那陣子媽媽以淚洗面，床頭櫃上堆積了不少勵志的書，我翻了一本來看，就是教人一些小狗都知道的法則，十大留住男人的方法諸如此類，好像不照著書上一條一條的做就會孤獨終老，小狗還知道如何正確討好人類來賺些小點心吃，如果真做了書上的指示，男人只會看不起你。最悲慘的是，媽媽那幾天甚至早上起來就對鏡子說話，她說：「我很好，今天很好。」不斷重複還帶著微笑的替自己洗腦，我承認有些人可能適合這樣與自己談話，只要讓自己更好，百百種方法都可一試，但我媽只是在強迫自己，那不會讓她成為更好的人，鏡面崩裂，插在腦袋的皺褶中，每次想起就先顫慄一番，那記憶如片段般的雜訊干擾神經，幸好現在都好了、沒事了，我不能保證她是不是在我看不見的地方依舊情緒低靡，但目前看來，她正常許多。

可是正常與不正常的分界又要怎麼區分呢？台南舊家隔壁的陳叔叔看起來就滿正派的，他會煮好喝的蔬菜清湯送來我們家，麥當勞替我點餐的店員也很正常，上次幫我換機油的車行老闆好像不太正常，他總會帶著一種不老實詭譎的笑，而最近剛住進我房間旁的女生似乎也有些怪異，我住的是分租套房，這一層有三間房，另一間住的是跟我不錯的班上同學，他常帶女朋友回來實在有點吵，但隔音不好不是他的錯，最後那間已經空很久了，放心這不是什麼鬼故事，只是剛好都沒有人租到，這女生會住進來應該是太晚開始找房子找不到，會敢跟兩個陌生男子住在同一層的女生神經也太大條了。當然我和我朋友都不是什麼危險人物，我們只是程度一般的普通大學生，整天擺爛不知人生意義為何物的廢物，有女生來住，我和我朋友都很開心，腦子不可避免的出現了一些A片中的幻想情節，我們竊竊的笑彼此，噁心死了變態怪男子，不過放心，一開始就說這不是鬼故事，當然也不會分歧出情色小說裡的畫面，廢物之所以是廢物，是因為我們只會空想而不敢行動。（不過行動了還得了？）

她似乎是個容易緊張的女生，上禮拜我在房間睡午覺，聽到碰的一聲，一開門發現我的鞋櫃倒了。

「不好意思不好意思，我趕時間所以不小心撞倒了你的鞋櫃，抱歉抱歉。」她蹲在地上撿我的鞋子並將它們重新排好，一直道歉讓我覺得很煩躁。

「你先去忙吧，我自己來用就好。」雖然我這樣說，她還是堅持用好，排好後站起來又再跟我道歉。

「沒關係，你趕快去忙吧。」我沒什麼反應的說，她對我笑了笑就匆忙走了，關上大門還因為太大聲吵醒了另一名室友。

垃圾話時間再度被開啟，室友問我她長怎麼樣，我想了一想卻突然沒什麼印象，畢竟剛剛真的太慌忙了。

「不會特別讓人驚艷，但就可愛可愛的吧，普通啦。」

「可愛可愛的哦，嘿嘿。」室友重複這句話一個人竊竊笑了起來，不知道為什麼一瞬間我突然好想遠離他，回到考試的時候，或許多認真一些在數學上，又或者畫卡時選了另外一個答案，我就不會在這裡，我會在另外一間大學，說不定不會讀書而選擇工作呢？我彷彿看見我走在一個光明打好蠟的走廊上，另一空間是改過的我，清楚人生目標而且每天努力的實踐，走在前頭的是西裝筆挺總是照顧我的老闆，我拍拍他的肩做個提醒：「老闆，下午的會議兩點準時開始。」

他非常緩慢的把臉轉過來，不是什麼老闆，而是室友陰暗的臉，用想殺死你的低沉嗓音說：「你還是一樣廢。」

我從幻想中驚醒，打了一個冷顫，室友問你幹嘛，我隨便應付一下就進房間了。

這個冬天實在很難熬，它從原本一顆小小的種子，演化成一條巨蟒纏繞在人類的肉體和各種生活物品上，寒冷與潮濕結合成了惡夢，我的身體與精神在小房間一點一滴被濕氣蠶食，爸爸打電話來問我晚點要不要跟他去吃薑母鴨，他說還有阿姨，應該不介意吧，我不是很想看到她，不過都這個時候了，我應該要出門晃晃，跟人交談一下，才不會走入無邊的牆壁中消失在這世上。

外面的冷風把我吹醒，一瞬間又回到現實，重新與世界接軌的感覺實在很好，以前放長假的時候爸媽會帶我回老家，我在夜裡站在田邊呼吸新鮮空氣，適應了黑暗後，我才看清楚一大片的田在腳下，就像沒有邊界的大海，四周太過安靜沒有帶來平靜，反而是恐懼困住了我，我只記得我當時害怕的動也不敢動，過了好久聽到媽媽的聲音雙腳才恢復知覺，那幾天當然是非常舒服的日子，爸媽很喜歡，他們那時感情還很好，終於可以暫時擺脫黏膩的都市，他們都希望假可以再久一些，不過我卻覺得被掏空了，而且深深的孤獨感總會在夜晚襲來，之後假放完我們回到都市，下交流道後看到一堆車爸爸又開始煩躁，他嘖了一聲把車窗搖下開始抽菸，我聽見外面人群嘰嘰喳喳的聲音，卻覺得再也沒有什麼比這更安心的事了。

我常常想起這個畫面，還有這畫面中所殘存的味道，我循著記憶的邊緣，去吸入和感受那香菸的味道與撫摸，我實在很喜歡當時那香菸的氣息，不過只有那一次是享受的，之後爸爸在家裡抽的菸聞起來都很刺鼻，媽媽會咆哮叫他把菸熄掉或滾出去，爸爸暴怒後把菸灰缸摔碎在地上，可憐的菸灰缸。我很想把這個畫面錄製成影片，在爸爸的那些學生的面前播放，你們平常被傳授的知識是真的，粉筆在黑板上喀喀的聲音也是真實的，不過溫和的教授都是假的。

我和爸爸約在捷運站的出口，我先到就無聊在街上抽根菸一邊等他，爸爸常叫我不要抽菸，可是，我已經從國高中的體制畢業了，大學生這個詞，不就是象徵一種自由嗎？抽抽菸又有什麼大不了，何況他自己更是個老菸槍。

十分鐘後我看見爸爸和阿姨坐著手扶梯往上，他們用側臉在交談，沒看到我一直盯著他們，不，我想阿姨早就看見我了，只是她怕尷尬，所以故意在手扶梯上隨便開了個無聊的話題給爸爸，可能是問家裡的牙膏還有嗎？或是你餓嗎？這類沒意義的問題。我知道，阿姨的性格軟弱不定，她越想表現出沒事，越流露對我的愧疚。其實有機會的話，我想拍拍她的肩，告訴她，我爸媽的婚姻早就有問題了，妳不用太放在心上，猜想她的反應，是會笑一笑還是驚慌失措？我開始想像她的表情，嘴角僵硬尷尬的笑一笑，然後用一堆語助詞來掩蓋她已經開始慌亂的事實，說啊，說啊，說妳心中在想些什麼，我不要只聽到呃或嗯之類的無病呻吟，講啊，對我的家庭有什麼想法？我站在手扶梯的上頭，微笑看著緩緩上升的他們，突然間彷彿可以聽見聖歌在耳邊響起，捷運站變得潔淨神聖，一道柔和的光打在他們的頭上，腳步匆忙的路人手上拿著花束，我變成了牧師，特地前來這地方，要見證他們偉大崇高的愛情。

「約約。」一回神，阿姨就站在我眼前微笑看著我，還叫了我的小名，她有點彆扭讓我很尷尬。

「爸、阿姨。」我簡單回應，接著往薑母鴨的方向走。

一路上我都保持一定的速度走在前頭，他們用細碎的聲音在交談，好像老鼠在翻攪塑膠袋的聲音。找到位子後，爸爸先去櫃檯點餐，我知道阿姨也想不到要跟我說什麼，索性拿出手機滑，阿姨用餘光探測我的表情，張開她的櫻桃小嘴，有話哽在那裡，她需要一點時間。

「呃、剛下課直接過來嗎？」

「嗯，對啊。」我沒有再多說什麼，抬頭看看櫃檯，沒有人，爸爸應該去外面抽菸了，沒有來解救他困窘的小天使。

「阿姨現在是跟爸爸住在一起嗎？」

「嗯，我們住在一起。」

「那一切都還好吧。」問題丟出去後，我才發現這樣問好像怪怪的，因為我的語氣生硬並不帶有關心，聽起來就是希望他們不好一樣，事實上並沒有，我希望他們和平相處，帶著愛的那一種。

「一切都還好呀，只是你知道你爸的個性，在外面很開朗溫和，但在家偶爾會很憂鬱。」我看著阿姨的眼睛，想著她怎麼會對我說這些？或許她很寂寞吧，需要一個傾訴的對象，即使我並不是一個合適的人選。

「辛苦了。」這句回應讓她不知道該笑還是該說些什麼，我突然覺得我不是爸爸的兒子，我今天從學校到這個地方，有兩個使命，一是前面說過了，見證他們不平凡的愛情，二是替阿姨做個簡單的心裡輔導，我既是牧師又是諮商師，今天很忙碌。

爸爸抽完菸回來後，我們三個就安靜專心吃著飯，阿姨有時候會夾幾塊鴨肉在我的盤子上，別人看我們會想像我們是和樂的家庭，吃完飯後回到家，三人在沙發上以極其慵懶的姿勢看著剛剛租來的ＤＶＤ，裝在木碗裡的水果沙拉傳遞在我們三人的手中。不過這也只是我的幻想，別人根本連看都沒看我們。

「有沒有去上課？」爸爸一邊啃著肉一邊問。

「有啊。」我舔舔唇邊的湯汁，是真的有啊，只是頻率不高而已。爸爸斜眼看了我一眼。

「不要搞到自己被退學就好。」這句冷酷的話其實帶有一些關心，我點點頭，表示心領了。

這次的晚餐宛若一場鴻門宴，雖沒有任何廝殺，阿姨的心計也沒有那麼精巧，不過我知道她想討好我，不是出於搶了別人老公的愧疚，只是單純因為我是爸爸的兒子，這該算是一種愛屋及烏的運用吧？後來她摟著爸爸的手微笑跟我說掰掰，我藉口說要去書店晃晃，只是不想花時間再跟他們相處，在街上經過一根香菸的時間後，手機響起，原本以為是爸爸有什麼忘了說，來電顯示卻是媽媽：「約約你在學校嗎？」她的聲音瞬間把我從濃霧籠罩的森林中拉出。

「沒欸，我在外面吃飯。」

「跟同學嗎？」

「跟爸爸，還有阿姨。」我說完後，彷彿感受到有一道閘門被開啟，大量的沉默流竄在電子線路中，接著炸開，一個從天而降的鑷子鉗住我們的頭顱，將我們置入之前風靡一時的彩色路跑中，整個世界被玉米粉覆蓋，一個巨大的人持續的在天上瘋狂搖晃粉罐，直到我們這些迷你生物的口鼻被堵塞而窒息。好啦，別說這些有的沒的，實際上她只靜默了短短三秒。

「是喔。」聽來不是從媽媽口中發出的，像從北極傳來的聲音，某位存在於陌生異域女子的聲調。

「沒有啦！媽媽只是想要問你，新買的電腦不知道為什麼一直開不了機。」

「開不了機？我之後回家幫你看看。」

我們閒聊了幾句，聲音回復了一些溫度，如黑白電影進化成彩色那樣，叫我注意保暖就把電話掛了。

吃完那頓稀鬆平常的飯後，我把自己關在房間好幾天，課都沒去上，直到新室友來敲我的門。她扛著裝滿可爾必思的紙箱：「哈囉，這是我媽寄上來給我的，可是太多了我喝不完，你要不要拿幾瓶走？」我淺淺笑了笑，拿了一瓶說聲謝謝就把門關上，這樣有些無禮，不過心情糟到透頂時真的擠不出任何的客套話。不過我得說她真的是神經很粗的女生，因為之後敲門的頻率反而越來越高，她像是初來到世上的嬰兒，稀鬆平常的事都可以讓她驚奇期待。

「你知道我們樓下的轉角開了一家豆漿店嗎？新鮮手工的那種喔。」

「這是朋友送我的書，不過我想你應該有興趣，給你看吧。」（從何得知我會有興趣？）

「有空要不要一起吃個飯？找你另外一個室友一起？」

叭拉叭拉的，她的聲音像從立體喇叭放出來那樣，在耳邊環繞。我後來跟她變很好，知道她是學姊，很有志向的女生，她說她對電影好有興趣，未來一定要走那條路，一直在默默的努力雖然沒有什麼人看見，還說她天生就是吃那行飯的。我是不清楚她哪裡來的自信，不過原本歪斜的世界真的因為有了她開始慢慢導正，我們交換彼此的故事，一千零一夜都還不夠。

她說她想要去淡水的一家書店，我就陪她去了，就算淡水很遠又濕冷的會把人的骨頭吃掉。她說她想要看電影，我也跟著她一起，儘管她心中的片單從不是我會看的類型。在電影散場後，我會告訴她我覺得幾幕很沉悶的地方，她接著解釋背後的涵義給我聽，而每次在聽她說完後，我才會覺得剛剛那部電影其實沒那麼難看，她敘事的手法更新鮮於螢幕上的影像。

「欸，你之前說過的，那個學長的女朋友，現在還好嗎？」她在書店翻閱著雜誌時這樣問我，我想了想，決定告訴她：「她跟別人在一起了，學長崩潰了幾天，之後又恢復理智在處理系上的事了。」

「她居然跟別人在一起？真難想像，那個女生不是很愛他嗎？」

「很愛啊，她一直很怕學長冷落或背叛她，但其實從頭到尾有問題的都是她，我想她應該是遇到一個難搞的人物，黏滴滴的第三者，她別無選擇才會跟學長分手。」她專心聽完我說的，點點頭接著換本雜誌繼續看。

接下來我不知道是哪根筋不對勁開始說著：「大家都知道她是個很愛玩的女生，不過我每次想到她，在心中搖晃的，不是剛開始被吸引的心情，也不是床上她的身體，不會是爭吵，更不是每次偷偷摸摸很不道德，其實卻有點爽的感覺，而是她被輿論追打的畫面，有一個惡魔拿著鼓棒在她後腦持續的敲打，那個聲音干擾我好久了，我猜她有一個筆記本，上面記錄著別人所說過關於她的壞話，紙上是一堆亂畫的箭頭，她想要解開謎底。你知道……我不太會描述，所以用這種奇怪的比喻。我想說的是，她信仰的從來不是上帝，也不是任何一個男人，她專注的是不重要的人對她的看法，我每次都瞧不起她的眼淚，而且我覺得她一直把重點搞錯讓人感到很厭煩，常在心裡罵她死腦筋，可是事後想想，我會很恐懼，我想要知道，輿論對一個人的傷害，到底有多大？」一股腦的，就把未經整理的混亂想法全都丟給了她，她眨眨眼睛，似乎要回答，又像靈魂出竅，過了一陣子她闔上雜誌，將它溫柔歸回在原本的住所，她說了一句並不能解決任何問題，卻又讓人釋然的話：「這個，我也不知道耶。」我想這是很好的答案。

大三的日子，從共度寒流到現在回暖的天氣，幾乎都獻給了學姊，我們就像朋友，又再親近一些，我甚至把爸爸及阿姨的事都跟她說了，學姊雖然反應慢，處理別人情緒的能力倒是很高明，我傳達給她歪七扭八的資訊，她總可以順利解讀出本意。就像塔羅牌那樣，我給了她一張印有複雜圖像的紙卡，接著她一下就算出我早清楚卻遲遲不改正的缺陷，她總在為我的肉身挑刺。今年暑假前，她就要畢業了，未來的道路已經被打造的相當光明了，刺眼到我幾乎看不見她的背影。她說，畢業後我會很忙唷，我說我知道，「很忙」，有一定程度的暗示，一般人都能理解，她又笑了說，因為我天生就是吃這行飯的。我說，吃飽點。這是我們最後一次的對話。

三下結束，學校的人紛紛換上短袖，還不到炎熱的階段，風吹過來的時候很舒爽，大學生活過了四分之三，我還不知道畢業後要幹嘛，摩西前來分紅海，把班上的人切成了兩部分，一半是看起來未來會很有成就的同學，另一半是醉生夢死完全沒在替畢業後做準備的，還有一小部分被遺忘的是不特別突出也不至於完全擺爛的人，三道光從天上打下來，分別是暖色調的橘光、冷色調的藍光還有一道灰白模糊的，大家各自選擇一條來走，我在擁擠的人群中感受到所謂的「分道揚鑣」，我們平常學這麼多成語，瞭解其中一些的典故，或許就是為了要在這些真實的時刻中來徹底實踐的。

阿姨打電話來說想跟我見面，請我吃冰，還有，有事想要聊一聊。我在心裡想著一定不是什麼好事，我們約在學校附近的冰店，她穿著素白色短袖上衣和灰色的長裙，「你穿得好大學生喔。」我這樣說她好像很開心的樣子。一盤水果冰、一盤剉冰淋紅色糖漿，在沒有冷氣的店裡開動。

「最近跟我爸還好吧？」我試著跟她閒聊，發現沒有以往那麼排斥跟她交談了。

「還可以呀，那妳媽媽的身體還好嗎？」她看起來是真的關心。

「嗯，不用擔心她，她交了一個男朋友，很照顧她。」阿姨愣了一下，接著微微笑點點頭，看起來是認真替她感到開心，夠了，不是看起來，我想她是真的。

「約約，可不可以請你幫我一個忙？有空跟你爸爸聊一下。」我實在不懂她要我幫的忙是什麼，她仍舊繼續說：「我最近時常聽見一個細小的聲音，就是我穿著婚紗挽著你爸的手，推開大門，大家都轉頭羨慕的看我們，長長的白色蕾絲在絨布地毯上滑動的聲音，不論到哪裡，都聽的到那聲音。」

桌上的冰在融化，我們拿湯匙的手都定格了，我想像阿姨和爸爸的婚禮在經歷許多波折後終於辦成了，選在一個吉祥的好日子，我從大老遠趕來參加，下計程車後就急忙奔進飯店，順著告示牌和人群蠢蠢欲動的吵雜聲音，跑了好幾層樓才找到一扇深色大門，就是它了，我深呼吸堆滿笑容做準備，用力推開門後竟發現根本沒有婚宴在舉行，這是一個寂靜的小房間，像遙遠的星球孤獨轉著，爸爸坐在辦公桌前研究上課要用的資料，他扶著老花眼鏡吃力的看著密密麻麻的文字，直到我站在他前面，他才抬頭看我，我明白阿姨要我幫忙而且沒有說明白的，拿出那張慘白的協議書放在他的桌上，「簽字吧。」這是我替阿姨做的，也為媽媽，爸爸動也不動看著我，直到我從想像中再次清醒過來。

「好啊，我會跟他聊聊。」我對阿姨說。

在炎熱的夏天吃冰，偶爾這樣似乎也不錯，阿姨說她還有事要處理，先走了，她對我揮揮手，我看著她袖子下方，手臂上一小片被陰影籠罩的瘀青，那是否為爸爸又停滯在抑鬱下所做的？而他們會不會像電影中演的一樣，在爭吵或無法被赦免的毆打後，又再度抱在一起和解，我不能做什麼，不過開始能平靜的為他們祝福。我抬頭瞄了一眼高掛的艷陽，汗從太陽穴上緩慢流了下來，學姊現在在哪裡忙碌呢？我突然有種衝動，想請她把這些大人的故事拍成一部電影，雖然這很無聊平凡而且天天在各地發生，不過妳那麼有才華又努力，一定可以拍得很不一樣，來，我們不要管大眾喜歡什麼，管它什麼市場，不需要順從他們的口味，要拍成什麼類型的都可以，只要妳喜歡，我大概可以猜想妳會拍的風格，就是在那些妳尚未畢業的日子，我們潛進午夜場的電影院，每一次都被店員強迫推銷爆米花與可樂，曾經我覺得沉悶難懂昏昏欲睡寓意太深無法觸摸，而妳卻每次在燈亮散場後，淚流滿面不肯離開座位的那種電影。

宿愿

鄭庭萱（統計四C）

從來都不是歲月以外的東西，帶走了我們的青春。

一年冬天，陰雨綿綿，看似不會放晴的天空，跟林妍的心情一般。台灣錢，淹腳目。大家是用這樣的一句話來形容現在的台灣，可是她一點也不這樣覺得。她覺得鄉下沒什麼不好。哪怕只是一點點，都舒展不開她現在的心情。畢竟，台灣的城市總是蒙著一層霧。

「別老是皺著眉頭嘛……」那是他跟她說的第一句話，灰頭土臉的林妍一抬頭，見到的是張爽朗的臉——許皓宇，那名字從這天起就印在她的心上了。皓宇是他們的組長，工廠裡面的女工都暗戀著他，畢竟他是長得那麼俊朗，也是這間工廠老闆的兒子，從沒擺過架子，反倒像是涉世未深的年輕小夥子。

女工們同住，也可以說是共患難，畢竟她們要忍受工廠裡面的噪音、炎熱與不良的伙食，偶爾宿舍也會沒熱水，又或是燈管壞了，她們只能摸摸鼻子，一個月領到一千四百五十七塊，她們沒什麼好哀怨的了，供吃供住，有什麼不好？不過偶爾，她們也相擁哭泣，思鄉之情總是很長……。

月光透過宿舍的窗灑在地上，一個五坪大小的空間，四個人睡，兩個上下舖，這已經是個可以好好安頓生活的地方了，但每當這時，躺在上舖的林妍總是悄悄掉淚。她媽媽得了肺病，醫生說必須在家裡面靜養，那鄉下地方買藥可貴了，一個月也是要上三、四百，家裡還有三個妹妹及一個弟弟，要怎麼靠爸爸一個人種田過活？她只能咬著牙，笑著說都市才掙得到錢，花了三十八塊從彰化到台北，能怎麼辦？她在夢裡哭了千百回，醒來眼眶都是濕的，「我知道，我知道我別無選擇……」她偶爾也說夢話，但那些話總讓人揪心。

「唉，林妍你一個女孩子的，怎麼老穿得這麼俗氣？」阿金姐問，她算是這個工廠裡的前輩，林妍聽了總笑而不語，那笑比較像苦笑，「這週休假跟我們去城裡晃晃，讓阿金姐買件新衣服給你！」，「唉呀，不用啦，大家都是辛苦錢，怎麼可以！」她就是那樣的一個女孩，自己該拿的一毛也不會少拿，但是對於別人呢，連好意都拒於千里之外，不過在那烏漆抹黑的臉下，倒是有著好看的眼睛與櫻桃小嘴，標緻得很。她平常也不怎麼和人聯繫，連家裡都僅是一個月打一通電話，問聲收到錢了嗎；媽媽的病情好些沒；偶爾也夾雜著些鄰居想來問聲台北的狀況。她沒有不知足，只是覺得日子好漫長，漫無目的，人生的意義到底是什麼呢？她時常想著，但這題目對於一個國小畢業的女工而言似乎太過於困難。

一週六天的工作日，一個月寄一千元回家，存下兩百元，剩下的錢她拿去買些日用品，偶爾跟同事搭公車去吃碗市區的陽春麵，壓壓馬路，看著櫥窗裡面一件四、五十的華麗絲綢緞帶衣服，但她明白那從不屬於她。看看衣櫥裡面的衣服，大概六件，就這樣換著穿，她安慰自己：「沒事的，從來都沒有。」但還是會在每個月光照進的夜裡，偷偷哽咽著。

「林妍，這我之前的衣服，現在穿太小了，給你吧，不然好浪費。」睡隔壁上鋪的曉廷拿著件白底橘色斑點的衣服，嘻笑的說完便塞給了她。曉廷或許是這個寢室裡面最察覺她心情的人，她笑笑地道了謝，把衣服收著，從不在工作時穿，曉廷明白的很，因為每週放假總看林妍穿著這件衣服，那樣的小心翼翼，都令人鼻酸。

「林妍，妳的電話。」一天，皓宇從工廠辦公室走來生產線上，面無表情地看著她，領她進辦公室，「喂……」看著她不安的接起電話，誰會在上班時間打給她？這個答案似乎大家心知肚明。「我知道了，謝謝、謝謝……」放下手邊的電話，斗大的淚珠布滿了她清秀的臉頰，皓宇想安慰，卻無從開口，只遞了衛生紙，拍拍她的背，「下午的班不要上了，回去休息吧！」他勉強擠出一句關心的話，林妍點點頭，走出了辦公室。

皓宇點了根菸，看著窗外，林妍走出工廠的身影，是那麼的單薄。他總是最留心她，無論她在哪裡，就算是每天早上的朝會訓話，他眼神飄移，也總是想在她身上多逗留一回，偶爾看得忘神。「她為了生病的媽媽出來工作。」消息靈通的阿金姐，總會在閒話家常時，跟皓宇提起些林妍的事情，或許是他的眼神不小心走漏了消息？「她勤儉持家，每個月都寄一千塊回家。聽說還有幾個在上學的弟妹呢……」其實工廠的女工們，遭遇都差不多，只是有的人樂天，有的人愛咬舌根，倒沒人像林妍這樣一肚子委屈都是往自己肚子裡吞，也不喜歡與人說三道四，她不是不會做人處事，只是選擇把跟人之間的距離拉得遠遠地，這樣比較不會受傷。而有的人父母死得早，又無兄弟姊妹的重擔，所以養活自己倒不是什麼困難。剛剛的電話是她們村裡的大夫打來的，林妍的媽媽剛走，走前很掛心林妍，希望大夫幫忙轉達。

過了三天，林妍請了假，回家服喪去了，工廠裡並沒有因為缺了她而少了什麼。又來了批新的女工，大家不適應得很，皓宇常在下班後撞見她們在食堂或是工廠外的庭園偷偷哭泣，思鄉之情誰不是那樣呢？他偶爾也會想起林妍，可是她的面容總是那麼的哀傷，讓他感到揪心。

一個寒冬的夜晚，冷風呼呼的吹打著玻璃窗，皓宇坐在添煤油的暖爐前，爸爸走來拿了壺溫好的酒，兩人在暖爐前喝了起來。「是該找個女孩成家了吧？」皓宇驚呆了，沒想到爸爸開口就如此驚人，「成家」這兩字對於他這個連戀愛滋味都不識的十七歲小毛頭適合嗎？「爸，何必這麼著急呢？」「我只有你這麼個兒子，工廠總是要有人接手的，早點成家我早點安心，又哪裡不好了？」皓宇的爸爸飲盡了手上的酒，就緩緩走進臥房。冷風呼呼的敲著窗，不知為何，他這時只想見一個人，那說到成家他第一個想起的美好女子。

三個月後，林妍風塵僕僕地回到工廠，感覺她比以前更蒼老了，不是歲月帶給她的年紀，而是服喪的哀戚。一天下班後，整間工廠的生產線也停止了運作，早上因為趕不及出貨，而被父親訓斥了一頓的皓宇，感到異常的煩悶，他闊步地想走出廠房，卻撞上了個女子，聽那聲音他知道那女孩便是他朝思暮想的人，「對不起，林妍。」他馬上紳士的扶起那倒在地上的女孩，「沒事的，組長。」他看見她不安的眼神，「還好嗎？」他問，「沒有怎麼樣的。」她拍著自己的褲子答道，「家裡也是嗎？」問完他就後悔了，因為他看見斗大的眼淚又從她的臉上滾落下來，不知道從哪提起的勇氣，他把她摟入懷中，「我的父親……」她抽抽咽咽的回答，「在母親走後的三天，也死了……」她放聲大哭，哭了好久好久，聲音大的迴盪在廠房中，後來她冷靜點後，他悄聲問了後續。林妍的爸爸被車撞死，不過並不是司機的問題，而是他爸爸恍神，並沒有看到車，林妍為了弟妹，又只好回來上班，這一走走了兩老，家裡的田呢？林妍說想當妹妹的嫁妝，皓宇笑了，連自己都還沒結婚的人已經在替妹妹想嫁妝了？

從那天起，皓宇跟林妍常在下班後的廠房閒聊，偶爾假日也會到市區走走。「妳最近跟組長走很近哦？」阿金姐調侃的說，不過這話要是給其他女孩聽到那可不得了，顯然會是哭天搶地的，畢竟這個工廠上上下下的女工，算算下來也是有二、三十人暗戀著組長。「沒有，我們不是妳說的那樣啦……」像阿金姐這麼愛講八卦的人，要不是林妍很討她喜愛，這事應該早就傳出去了，而林妍應該也早被其他人修理一頓了吧？「啊，也好啦，孤男寡女的，不如就想想成家的事情吧？」成家？這個詞從未出現在林妍的字典裡。

那天夜裡，她反覆地問自己，成家？自己跟組長嗎？他是未來要接手這個工廠的老闆，而她呢？只是工廠裡面的小女工而已，她擔當的起嗎……。她從未想過，只是享受，享受在每個下班的時候，兩人聊著近日的苦悶；享受在假日的時候，一起搭車到市區去，她吃著陽春麵，而皓宇吃著餛飩麵，皓宇總是會把餛飩麵裡面的滷蛋給她，讓她覺得暖暖的；享受偶爾他們並肩過馬路，那風吹來時經過他俊朗的臉龐又吹過她的披肩長髮；享受那他送她到宿舍樓下時，他們不捨別離的交換眼神……，但其他的林妍從不敢多想，或許是深怕自己想了後，那昔日的美好將不復存在。

季節總在我們不留心的時候，悄然的轉換，不知不覺也過了五個月，從寒冷的冬，過了春，轉而來到蟬鳴的夏。女工們總在上班時間滿頭大汗，但仍無所怨言，食堂裡開始販售著一塊五毛的枝仔冰，又或是三塊的刨冰，偶爾大家也會一起去河邊戲水，或去市區的游泳池消暑，公立游泳池難聞的消毒水味道，總讓林妍很討厭，但看在門票只要八塊的份上，倒也沒什麼好嫌棄的了。工廠裡的電扇轉動聲音大得厭煩，卻一點也不涼，這才是林妍真正討厭的。她和皓宇見面的次數隨著夏天來臨也變少了，或許該說是變忙了？皓宇的父親，也是她們的老闆，身體原本很硬朗，但夏天來臨後，卻頻頻出狀況，而工廠裡面熱得讓人受不了，下班後所有機台停止運作，那電扇也會跟著停下來，他們總狼狽地汗流浹背，也談不上什麼快活的事情，於是乾脆約個晚飯後，去工廠後面的小溪散步，那還叫人感到愜意些。

好景不常，皓宇的父親在某個早晨過世了。皓宇服喪，卻不能丟下工廠裡的事，他穿著黑色的衣服，總是在想事情，或是發呆……。當父母去世時總讓人感到坐立難安，無論多成熟多獨立的人，好像無一倖免。我們總以為自己很好，但是卻都忘記了，這樣的信心自信，都來自於一個會對你微笑告訴你「做的好，孩子」的人。可怕的並不是出現羞辱你、否定你的人，而是那個肯定你的人不在了，你對你自己建立起的信心，將也隨著他們的逝去瞬間消失崩解。或許該這樣說，這個工廠，幾百個員工，他必須想辦法養活他們，保好爸爸生前珍惜的地方，與那些靠這工廠過活的人們，但他們一張張的臉孔卻很讓他感到焦慮害怕。我真的能嗎？皓宇總在堅定後，心頭又浮上這個問題。

一日清晨，皓宇的伯母打來，這時他爸爸的頭七剛過完沒多久，馬上又再接到一個噩耗，伯母說他伯父昨日剛走，伯父本來就久病纏身，或許撒手離開也不見得是件壞事，但家族在這個月走了兩個人，他輕嘆，難過的說不出話。工廠裡面的長工跟著浩宇爸爸一起打拼了三十年，他知道後便來勸他不如結婚吧，而皓宇爸爸一直希望他能跟里長女兒成親，那是樁好婚姻，門當戶對，他們倆也因為兩家父母的希望見過幾次，不過都沒後續的發展，但那又有什麼呢？反正從父親那輩甚至祖父那輩都一直是媒妁之言，他又哪倖免得了。中國有項傳統，若在親人走後百日內成婚，那稱為百日沖喜，儘管服喪使得家族氣氛低迷，但在此時結婚有喜，不僅能告慰皓宇父親的在天之靈，也是能讓大家的心情稍微放鬆些。但對皓宇，他只感到迷茫，畢竟他從未愛過李小姐，何況要娶她？

出殯時間在尾七，正所謂死後的第七個七日——第四十九日。若真要循百日沖喜的禮俗，那新娘必須在這幾周來先補行探生。原本探生是在死者尚未往生之前，有約定成婚或雙方父母有意兩人成親的一對，在男方長輩病危過世前，要去探望，是為「探生」，但若男方長輩已過世，那就在出殯前補行探生即可，而後再行「探死」，即是新娘在男方長輩死去後來探視之意，之後便可以參加出殯，新娘待男方長輩出殯完後便留在男方家，代表已經成婚完畢，直接送入洞房，不須舉辦婚禮；倘若真希望舉辦婚禮，那就讓新娘回去娘家後擇日在百日內成婚也是可行的方法，特別的是女方無須準備嫁妝，男方也無須準備聘金，一切從簡即可。

皓宇家本來就跟親戚有密切往來，大家也都贊成老長工的提議，叔叔嬸嬸們便替他找了個媒婆，這年他十八，只有國中畢業，要接手爸爸留下的工廠及這些員工，踏入一個完全沒想過的家庭，與一個不相熟識的女子成婚，沒人問及皓宇的想法。親朋好友為了這個家族忙碌，不是服喪守靈，就是急著在和媒婆談皓宇的婚事，而皓宇本人呢？他深知自己本來就無從決定任何事情，就算有意見，他也沒辦法反抗整個家族的決定，只能任由親戚長輩們擺佈。

一天清晨，太陽才剛出來皓宇便醒了，正確來說在父親死去後他沒有一夜安寧，午夜夢迴總有些負氣的想法。他心煩意亂的在工廠前的庭園散步，這幾夜不斷出現在夢中的女孩，是楚楚可憐的林妍。他知道自己愛她，卻得不到她，他是一個工廠的主人，跟一個女工相戀這傳出去能聽嗎？恐怕把整座工廠的屋頂掀了都沒人同意，他想起他們快樂的時光，但此時這些回憶卻又顯得渺小，像根針不斷的刺往他的心。如果得不到愛，又談何婚姻？又為何娶、為何嫁？他不懂中國人想法。但他內心更想知道的，是林妍的想法，她會怎麼想？她知道我要結婚了嗎？會不會為我哭泣？如果答案是肯定的，那他內心一定是既開心又難過，開心的是她心裡有他，難過的是他不希望成為她掉淚的理由。他總為此百般揣測，卻始終沒有勇氣開口問她，連探聽都不敢。

「老闆，瞧你心神不寧的，怎麼啦？還沒習慣當老闆嗎？」阿金姐從外面走來調侃著他，她總這樣，常常忽略別人臉上的落寞與淒哀。「沒什麼，只是在想些事情罷了。妳怎麼這麼早？」皓宇問著，「昨天走時忘了拿東西，現在要去食堂吃早餐啦！老闆，聽說你要跟里長女兒結婚啦？」不愧是工廠裡最八卦的女工，果然什麼都逃不出她的耳裡？「是啊……」「那就開心點，我知道大老闆走了你心情一定會受影響，但日子還是要過啊！」她笑笑的說，皓宇只是點點頭，大家都知道他要結婚了嗎？他想問，可是問不出口，就算是又怎麼樣？不是又怎麼樣？反正沒人能改變這個決定，連他自己都不能了，他還奢望誰來為他說句話？就算林妍為他哭哭啼啼，這也根本不是件光榮的事情，他們倆本來就沒什麼吧……。他從未說過愛她，而她也從未表態過什麼，什麼都沒有，向來是他自作多情，也是他沒有勇氣。

「什麼？老闆要結婚了？哎呀，可惜……」睡林妍房間下舖的女孩們聊著天，她聽著卻只感心煩意亂。結婚？皓宇可真有為她想過？她心裡滿不是滋味，她以為他愛她，以為他一心向著她，否則不會在那麼多個假日一起並肩而行，或在下班後的廠房長談……。回憶很長，長的她不知何時眼淚早已爬滿臉頰，撲簌簌的直直落在枕頭上，她不敢出哭聲，深怕底下的女孩們聽到。她十六歲，沒有任何選擇的來到都市賺錢，連媽媽的最後一面都見不到，國小畢業，也不識什麼學問，只是個農村姑娘，更別說什麼打扮，她簡樸得讓人不敢相信，又要怎樣配上一個工廠的老闆？她粗魯的抹去臉上的淚痕，勉強要自己撐起一個笑容。她想，或許皓宇對她從不是愛，是同情，同情她的身世，畢竟她沒訴苦的對象，只在下班後與廠房機台同時停止運作時，才抖得出幾句零碎的話語，像是：她不能讓弟妹受苦、她別無選擇等等，也因此皓宇才總對她釋出更多的善意，一定是這樣的。罷了，畢竟他也從未說過愛，更別說什麼在一起。但要她看喜歡的人結婚，那種揪心的感覺跟喪父喪母一樣，人總能在哀慟至極時明白些什麼，又可能是種自我安慰，自然的機能，怕要真往死裡去可會逼死了自己，她想：「或許窮困的鄉下姑娘是不值得被愛的」，上天對她不公平，這段日子奪走了多少她愛的人，而她都來不及，來不及握住他們的手，要他們別走。

她恨自己的無能，從以前就感覺人生是如此漫無目的，只能日復一日的工作，但那並不是自私，畢竟她從不是為了自己，她是為了父母弟妹，為了那個她想守護的家，但在最後，他們仍舊一一的離開了她，又或許該說是她離開了他們，那種感覺，像是過緊的衣領，繃的讓人喘不過氣來時，卻發現人生未完，還是必須日復一日的過著單調乏味的生活，意義呢？沒有。可能還是為了他人，為了弟妹，為了可能會遇見的丈夫。不知什麼時候，她已經沉沉睡去，但臉上的表情還是那麼傷心欲絕。

這幾天，工廠大夥忙進忙出，一方面是李家真接受了許家的提親，一方面是工廠的進度為這一喜二喪而延遲了些。廠內的幹部全是許家家族的人，大家哪有空管什麼出貨？「明天是三七，離七七不遠了，新娘該先來探探哥哥了吧？」嬸嬸邊忙著手上生產線的報表，邊問叔叔，「唉呀，李小姐那麼端莊的一個人，不可能不來的，等等吧，也許快了？」他們的心思完全不在手上的報表，這副樣子是皓宇的爸爸在的時候不曾有的，許家整體來說，有七個兄弟姊妹，皓宇的爸爸排行老二，身為老大的伯父年少就不學好，離家出走後，三十好幾在外落魄，只好又回來靠弟弟，不過他也不事生產，散漫的很，最後去給了人家當街角戲院看票的去了；整個家族風氣其實都差不多，歸因於他們的父母太過於寵溺他們，只有皓宇的爸爸勉強算是勤奮，所以最後成了這間公司的老闆，但離譜的是無論婚還喪，都能使這整個工廠完全停下運作，要說人情也罷，畢竟這些員工跟著許家奮鬥了這麼久，他們還是覺得幾個重大日子是該讓整個工廠也停下來，為老闆默哀或為皓宇開心。

「唉呀，昨日我去給老闆上香，見到李小姐了耶！」阿金姐在中午午休的時候大肆嚷嚷著，她嗓門還是一樣大，林妍想：「該來的，也總是要來的。或許她該為皓宇開心的。」想歸想，但她仍一點也開心不起來，暗自在心中做了一個決定。許家決定要在皓宇的爸爸出殯後一週為皓宇辦場婚宴，畢竟他們兩家都是地方上有錢的家族，怎可能不宴客？當然，全工廠的人都受到邀請，大家婚宴那天特別放假一天。「她打扮的很秀氣，還戴著珍珠耳環呢！唉呀，我想有錢人家大小姐就是那樣吧！」除了八卦，口無遮攔也是阿金姐的缺點。她身旁的其他女工嘰嘰喳喳的討論著，手上的工作倒不是多專心的在做，整個工廠的人，心思都不在這批要出的貨上面。

出殯這天，大家都來了，黑鴉鴉的一片，每個人臉上都是淒哀的表情，看著棺木下葬，老闆真的走了，他跟老闆娘及整家族的人都葬在一起，皓宇的媽媽在生他的時候走了，後來老闆也沒再娶過，老闆就這麼個兒子。「至少，我要成婚了，告慰爸爸在天之靈。這是我是他唯一的孩子能做的……」，他用這樣的理由，在心裡說服自己千百次。當送葬的隊伍從墓園離開時，他瞥見了一個身影，那曾在他心底朝思暮想的身影，那永遠不會屬於他的身影，那他曾經愛過，現在也仍然還愛的身影，只是永別了，他將永遠的失去她，封存他們擁有的過往，一個他曾愛過的女孩——林妍。

宴客那天，新郎喝得很醉，全工廠的人都來了，獨缺一人，這個缺席實在讓旁人嚼舌根嚼得停不下來，「老闆婚宴她居然沒來？」「她該不會以為老闆真的對她有意思吧？」「唉呀，我想老闆也只是閒得發慌，剛好用她來打發時間而已吧？」諸如此類的耳語，更難聽的都有，但皓宇似乎瞬間明白了什麼，或許他們曾經相愛吧？不過那已經都不重要了。

時光飛逝，七年就這樣過了。在婚宴完後的三天，林妍就辭去了工廠的工作，說是必須回家幫忙照顧弟妹，頭也不回的收拾了簡便的行囊就走了。工廠裡的生活還是一樣，一成不變，女工們來來去去，皓宇則是從軍去了，整個工廠大小事情交給老婆以及叔叔處理。林妍呢？沒人知道，連這名字，恐怕都沒幾個人記得了吧！就這樣日子依舊漫長，一成不變。

「姊姊啊，你不找個人成親嗎？」林羽庭問，「找誰呢？我才國小畢業呢！長得也沒你們好看啊！」廚房裡面傳來了聲音回答，「哪有，姊姊絕對是最美的！」林淨敏擺著碗筷，「對嘛對嘛，二姐都準備要結婚了，大姐不結婚太可惜啦。」林衡陽附和著。這年林衡陽考上全彰化最好的高中——彰化高中，不枉費當初大姐辛辛苦苦省吃儉用把他拉拔長大。林妍還在工廠時，在父母去世後，全家的開銷落在她身上，父母的喪葬費用就花了她全部的積蓄，後來她又工作了九個月，存了七千塊，直至皓宇結婚時，她才辭去工作，回到彰化老家，打理弟妹的生活，也在附近雜貨店打零工，林妍的每個弟妹都有上國中，弟弟甚至受到學校的推薦及老師的提拔，讓他跨區參加了台北的聯合招考，考到了全台的第一志願建國中學，但他不肯去，說什麼也要留下，當時還跟林妍鬧了脾氣，林妍打了他一巴掌，「爸媽要是知道，會怎麼想！」她氣得發抖，這是她第一次打弟弟，父母最疼愛的弟弟，從來沒被任何人這樣打過巴掌，在學校成績也都是名列前茅，只是他叛逆，常常跟同學打架，不過看在他是成績優秀的學生份上，師長們也都睜一隻眼閉一隻眼，「姊姊你那麼辛苦，我現在去了台北，你又要供我讀書生活。沒錢！我清楚的很！」弟弟揉著被打的臉頰吼著，那是林妍第一次當著他的面哭，他們最後相擁而泣。「我們只是貧窮的鄉下人，跟台灣經濟多好，一點關係都沒有……」林衡陽常常在老師說現在的社會富裕時，心裡暗自竊想，「不然我姊姊也不用這麼辛苦，家裡的田不會只值這點錢……」說起來，林妍的弟妹其實都體諒也知足，妹妹們陸續開始工作。二妹後來也去了台北，那時她才剛回來與大家團聚，當然也積極勸阻，林妍自己是說什麼也不想再離開彰化了，畢竟她的人生失去的太多，現在唯一讓她感覺每天的辛勞是值得的，就是她可愛的弟妹，她不想再讓這個可以珍惜相處的機會溜走，但林莞堅持要去，她也攔不住，「人生總要出去闖闖吃吃苦，姊姊你夠苦了，現在這個家大小事情都靠你打理，換我去工作了！」那年她才十五歲，卻懂事的要她心疼，台北的環境那麼的苦，說不擔心是騙人的，林莞當然也知道她擔心。這一工作就是工作了七年，而最近傳來的好消息是林莞想和工廠裡面的同事結婚了，林妍為她開心，也真把家裡的田賣了，拿了其中一部分買了金飾去給她當嫁妝。

「不管怎樣，兩人過的幸福就是最重要的……」林妍意味深長的在林莞結婚那天，為她梳妝時告訴她，他們結婚的場景，也讓她想起來以前連戀愛都稱不上的回憶，現在算算皓宇也結婚了七年多了，不知道他們怎麼樣了呢？說不定有小孩了呢！林莞他們在台北結的婚，宴客完之後林妍便要弟妹先回去，但卻沒交代自己要去哪裡。

在台北她留了一夜，「還能去哪呢？」她想。她只是想回去看看自己待過的工廠，看看大家是否跟以前一樣？曉廷還好嗎？阿金姐是不是還是跟以前一樣八卦呢？皓宇呢……，她最牽掛的還是他，卻不願意多想自己心裡還有什麼感覺。工廠離她歇息的旅館有一段路，林妍坐著公車，腦袋一片空白，如果真的見到了，要說什麼呢？「你過的還好嗎？」還是？她想不出來。熟悉的風景一頁頁飄進她眼底，按了鈴下車，走了一段路，好不容易到工廠，大門卻是緊閉著，今天不是假日呀？她滿腦的疑惑，工廠的鐵門緊閉她也進不去宿舍，只好走段路。工廠在郊區，離工廠幾公里遠的地方，有幾戶人家在那，「不好意思……」，她看見一旁正在乘涼的老婦便走上前，「你知道離這裡一段距離的那間工廠，為什麼沒開嗎？」老婦瞇著眼看著她，「那間工廠倒閉了！」她回答，「倒閉？為什麼？」「聽說是老闆欠下龐大債務，工廠營運不善，就是那樣唄！」老婦心不在焉的回答，但林妍可急了。龐大債務？皓宇呢？皓宇現在還好嗎？她心急如焚，向老婦道了謝之後便回到旅館，打了電話給妹妹，要她找到她幾年前與曉廷通的信，那裡面有著曉廷老家電話，她非要弄清楚怎麼回事不可。

「喂，不好意思，請問曉廷在嗎？」她焦急的打著電話，「欸？請問哪裡找？」一個中年婦女的聲音從話筒一邊傳來，「我是她以前的同事。」「她現在在台北工作哦，你可以打到她們宿舍去。」中年婦女接著唸了一串電話號碼，她抄寫著，既然還在台北工作，也還住在宿舍，可能只是工廠搬家了？可能不是倒閉吧？還是剛剛那位老婦弄錯了呢？她在心中暗想。「喂，不好意思，我要找鍾曉廷。」「稍等……」「喂？」話筒那頭傳來熟悉的聲音，「曉廷，我是林妍！」這刻，有著許多對朋友的思念之情也一併湧上來，「啊，林妍，好久不見！」曉廷又驚又喜，「我妹妹在台北結婚了，我想去看看你們，卻聽說工廠關了？」皓宇呢？她腦裡不斷迴盪著這個名字，「是啊，因為皓宇的叔叔欠下大筆債務……，林妍你在哪？我下班搭車去找你好了！」曉廷知道她掛心的還是皓宇，畢竟當初她們倆的床隔沒多遠，那些林妍哭泣的夜晚，曉廷又怎麼可能不知道呢？「好，那我們晚點約在市區見面好了，在榕樹下的長椅那邊可以嗎？」她怯怯的問，畢竟她最掛心的是皓宇的去向，但卻要這樣麻煩曉廷，「不見不散！」不過曉廷卻似乎一點也不這樣覺得。

「好久不見了！」看到她，曉廷給了個熱情的擁抱。曉廷一點也沒變，反倒林妍看起來似乎又比以前老了些，「你走後，沒多久皓宇就去當兵了，你還記得他太太嗎？李小姐。她什麼也不會，畢竟一個有錢人家的姑娘嘛！工廠很多粗活也是幹不來的，所以什麼事都皓宇的叔叔嬸嬸一手打理，聽說他叔叔愛賭，欠了大筆賭債，最後只好拿工廠去押還，還不夠呢！便只好也把他們原本住的那棟洋房拿去一併抵債了。聽說還有一些零碎的欠款，他也付不出來，許家便人去樓空，也不知道逃去哪裡了，我們也是隔天上工才知道，原來我們全部都被解雇了，連那個月的錢也沒拿到，幸好只有幾天而已！」聽曉廷娓娓道來，不知道為什麼林妍心裡酸酸的，那裡有著她許多美好的回憶，如今已成了廢墟。「那……皓宇呢？」林妍小聲的問，「聽說李小姐就回娘家了，並且寫了信給皓宇，他也是相當震驚，畢竟那時離退伍還有七個月，他急忙打給李小姐，結果也因為皓宇叔叔人不知去向，所以這些錢大家就轉向跟皓宇討，而導致他從一個老闆變成負債累累的阿兵哥，李家當然不願意女兒受苦，便在皓宇休假時，悄悄辦了離婚手續，一夜之間皓宇什麼都沒了。不過這也是之後在他退伍時，他轉述給我們聽的。」聽到這，林妍眼神一亮，「所以，妳知道他現在在哪嗎？」「他現在住在阿莊叔家，不過在做什麼我就不知道了。阿莊叔住在離這裡搭車大概十五分鐘的地方，我跟其他幾個人有去看過皓宇跟他。」阿莊叔也是個從年輕就跟著皓宇爸爸一起打拼的長工，林妍顧不得現在已經快八點，他便去車站買了車票，曉廷則因為隔天還要上班，她們在車站分別，不忘相互擁抱著彼此，「希望你見到他……」「我會的！」林妍臉上散發著光彩。

「鈴——」林妍按著電鈴，「誰啊？」阿莊叔開門，詫異的看著眼前的這名女子，既熟悉又陌生，他想不起她的名字。「我是林妍，我是曾經在皓宇工廠工作的女工……」林妍話還沒講完，阿莊叔的臉色卻大變，「啊，皓宇一直提到的那個女孩啊！」「請問皓宇在嗎？」阿莊叔卻沉默不回答，林妍困惑著，是他不想見她嗎？還是……千頭萬緒瞬間湧上心頭，「皓宇現在在醫院。」阿莊叔良久才打破沉默，「醫院？」林妍瞬間眼眶泛紅，「他得了肺病，妳要去看看他嗎？」良久阿莊叔又開口問，「不過今天也已經晚了，妳明天再去吧，女孩子在外面，要注意安全啊！」她道完謝後準備要離開，走前阿莊叔不忘交代她，那也是種關心吧，畢竟皓宇掛心的一個女孩，這件事他一直都知道，他關心皓宇，就像父親對兒子那樣，他也當然關心那個他留心的女孩。

翌日，林妍起了個大早，這天陽光普照，但她卻無心享受，正確來說她徹夜難眠，母親也是被肺病奪走的，嚴重到要住院了？皓宇到底現在怎麼樣了，她每次想到這就覺得害怕，不敢繼續想下去……。「不好意思，我要找許皓宇先生！」護士抬頭看了她一眼，「他在左邊走到底的病房內的第五床。」護士繼續翻弄手上的病歷資料，「謝謝妳。」林妍走到了病房門口，她該跟他說什麼呢？她就這麼突然來了，什麼也沒帶，焦急的連禮數都忘記了，哪怕是籃水果也好啊……，她正懊悔之際，抬頭就看見了皓宇，而皓宇也看見了她。彷彿他們倆眼裡只有對方，除此之外再也什麼都看不見了，「林妍？」皓宇虛弱的問，「我是，你還好嗎？」她看見他這麼虛弱，心裡滿是不捨，「咳咳……現在，可能來日不多了吧。」他淡淡的回答，這答案使她驚嚇透了，「為什麼？」眼淚從她眼眶不斷掉出，像斷了線的珍珠，「是肺癌，我們家族本來也就有家族病史，醫不好的。」林妍哽咽說不出話，他們重逢在七年以後，這麼漫長的歲月，他仍然沒變，阿莊叔也說他一直提到她，但為什麼這一見，卻好似最後一面呢？是命運的造弄嗎？她弄不懂，只能哭。

她在台北待了兩個月，這兩個月她看看報紙上的工作，住在阿莊叔家的客房，每天都去探望皓宇，她不想回去，至少她想在皓宇也許所剩無幾的日子裡陪著他，但看他一天天漸漸虛弱的模樣，她心裡有的是更多的不捨，他總安慰她：「也許還是有奇蹟能好起來的！」但他們心裡都明白，不會有那天的到來。漸漸的季節轉換至秋天，風吹起來也是會冷的，林妍總是穿著薄薄的長袖外套，每天都燉雞湯給皓宇喝，是用她這幾年存的積蓄，她深深明白，如果她現在錯過了他，那就再也沒有機會了，儘管她現在也只能待著，但能待在他身邊，她就滿足了。畢竟、畢竟，她是忍受了多麼漫長歲月的相思之情啊。

「我要出院。」在某個深秋的早晨，皓宇跟醫生提出，他自己深知病是好不起來的，在醫院靜養跟在家是沒有差別，何況癌症也不會傳染。「好吧！下午請護士與家人幫你辦理出院手續吧。加油了，年輕人！」醫生拍拍他的肩。下午林妍來到病房，每次踏入醫院，林妍都難過的不得了，但她總能在走到走廊盡頭時，勉強要自己打起精神，她總跟自己說：「如果愁眉苦臉的樣子給皓宇看到了，他又會自責的。」」，她進房時，看到皓宇正在收拾東西，她訝異的不得了，「怎麼？為什麼在收東西？」她問，「醫生說我的病情有好轉，回家靜養就可以了！」皓宇笑笑的回答，這時林妍聽到「碰」的一聲，感覺自己終於放下這幾個月來心裡的大石頭。「太好了！感謝老天！」她笑著抱住他，皓宇也勉強的笑笑，他寧可不要讓她知道事實。

回到阿莊叔家後，林妍早上在工廠工作，晚上回家照顧皓宇，持續這樣的生活，她不覺得有什麼不好，她對現況已感到心滿意足。一天夜裡，林妍的房門突然被打開，站在那的是皓宇，她正坐在床前梳頭髮，看著他開門走進來，她驚呆了，「我想問……」皓宇緩緩開口，「嗯？」林妍不確定的回應著，「我們曾經相戀過嗎？」皓宇眼睛直直的看著她，她低下了頭，輕輕的點著。

那幾晚，他們每個夜裡相擁而睡。他愛她，她愛他，千真萬確，但卻好景不常，兩個多月後，皓宇走了，在夢裡面。她哭的傷心欲絕，叫旁人都心疼，或許她也早有察覺他的好轉是騙人的，但她寧可選擇相信。皓宇出殯那天，林妍昏倒了，所有人嚇得趕緊把她送醫，她沒辦法接受，為什麼他就這樣永遠的離開她了？他們有所承諾的愛呢？瞬間都化作一縷輕煙。

林妍好不容易撐起眼皮，覺得身體重的不得了，她只記得她好難過、好難過，剩下的什麼也不記得了，看看身旁熟悉的身影，是林莞跟阿莊叔，他們交談著，臉上都是擔心的神色，「林妍你醒了？」林莞看著她，「還好嗎？哪裡不舒服嗎？」阿莊叔也關心的問著，林妍搖搖頭，勉強撐起了一個微笑。此時醫生走進她的病床，「恭喜妳了，林小姐！」這句話讓周圍的人都不懂，她不是昏倒了嗎？恭喜？「妳現在有三個月的身孕了。」醫生緩緩的說，大家都驚訝的不得了，林妍激動的說不出話，良久才緩緩的說：「是他留下來給我的禮物，或許他化成另外一種形式，永遠留在我身邊了。」旁人也與她相擁而泣。

後來，林妍又回到了彰化，在老家靜養，生下了孩子，撫養她照顧她，把她取名為皓婷，她的眼睛長的很像爸爸，看到她，她就想起了他。這年頭的單親媽媽不多，弟弟擔心她，也擔心她的寶寶被欺負，所以總跟林妍在一起。最後，他在聯考時，上了政治大學，「這次我是真的必須離開你們一段時間了，姊姊。」林衡陽說著，抱著才一歲半的許皓婷，「你就放心去吧！」衡陽擔心的是她們被欺負，現在姊姊幾乎是邊在雜貨店上班邊帶小孩了，「不管怎麼樣，要好好照顧自己！有事情儘管寫信給我吧！」他拍拍皓婷的背，把她放進嬰兒床裡面。

幾個月後，林妍收到了一封信，是台北寄來的。她原以為，是弟弟寄來的，翻過來卻看見地址是阿莊叔家的，打開信封，裡面熟悉的字體，是皓宇的字：「親愛的林妍，妳看到這封信時，我應該已經離你而去了。我拜託阿莊叔幫我給你的，我要他在妳不再這麼難過時再交給你，請不要責備他。

我覺得能在最後我要離開人世時，再度遇見妳，是我這輩子最幸運的事情。誰都想不到命運是如此安排，時間不偏不倚的落在那刻，我對人生與世界絕望的那刻，我感到這個世界對我是如此的不公平，我失去了父親，以及他一手建立的事業，我不曾愛過但仍是名義上的妻子，以及深愛的妳，住院時我感到這一切都已離我遠去，而我也已經被放棄，被這個世界完全的放棄，在醫院等待著死亡那刻的到來，就算哪天在醫院離開了人世，或許也不會有幾個人願意為我哭泣。

能跟妳在一起，哪怕時光再怎麼的短暫，都已讓我感到此生無憾，我愛妳。還記得我問的嗎，我們曾經相戀過嗎？如果是，那麼我感覺我的年少時光已沒有任何的不完美，畢竟，我在妳最美的年華遇見了你。那些回憶將永遠留在我心裡，妳要勇敢地面對往後，日子還很長，盼妳能找到一個比我還愛妳且能在此生好好照顧妳，永不離去的丈夫。若因為對我的思念而讓妳停滯不前，那忘了我也未必不見得是壞事，我最後的心願請一定要幫我完成，那就是最讓我牽掛的妳，能夠幸福。永遠愛妳的皓宇」。

謝謝你，在我青春歲月最苦悶的時候守護了我，給了我勇氣與愛情。我也一定會好好珍惜你所留下來給我最好的禮物，皓婷。

——獻給我的奶奶，希望她現在已經與爺爺在天國重逢。

古厝

吳世傑（中文二B）

你記得剛買這台車的時候還被訓了一頓，你妻站在家門前的階梯上，冷眼看著你小心謹慎地將車停好，你下車輕輕地將門甩上，她劈頭一句：「這車尾很像棺材。」你就知道這車實在不討她歡心，你也知道她是在氣你沒有和她商量就買車。你摸摸鼻走上階梯和她站在同一高度往車尾看去。「嗯，果然有像棺材。」你附和著說。

現在在這輛車上，她頭倚著座椅肩處凹陷睡著，在這幾乎聽不見外頭聲響的空間裡，你想起了那段往事，心想若是恰好有一場車禍，撞得你血肉模糊癱在車上，就在裡頭待著，這輛移動棺材就派上用場了。你妻放在安全帶上的手，還捧著一冊紅樓夢上，你帶在身上打算在回妻娘家的假期裡看，你已經看了數次，每次看到八十回，你就回頭重看一次，你對紅樓夢並不是不熟，只是你覺得你始終沒看懂紅樓夢，你起初草率地判斷角色個性進而理解劇情，以為那是一個小說中的封閉空間，卻越看越不是那一回事，你才開始明白紅樓夢是如同歧路花園的巨大的封閉世界，每一個拐入轉彎處的人所經歷的都存在，作者寫出來或沒有寫出來，它一併存在，在這個龐雜的夢境，把人性偷渡在每個人物裡，這像一首沒有主旋律的歌，因為每一條旋律都並存且重要。

你妻從你行李拿出紅樓夢，翻沒幾頁就睡去，一如她小孩子心性，從年輕至今都未曾改變。你車裡正放著椎名林檎的CD，你車上滿滿的她的專輯也曾引起妳妻的關切，但你說你也別無喜好，只是工作很累的時候，會在車上抽根菸聽些自己喜歡的音樂，歇息一會再繼續生活。你扭動音量鈕，讓音樂小聲一點，以免吵醒你睡著的妻。

一路無話到嘉義，這裡全無北部溼冷的氣候蹤影，艷陽高掛頭頂，這是中午用餐時間，馬路上滿是臨停的汽機車，你妻被來往行車喇叭聲驚醒，才發覺已經要到了，她問你是否要買一些伴手禮，你心想雖然時常回來這裡，但還是買一些禮物為佳，遂請她去大賣場買兩盒雞精靈芝飲之類，你望著前方路面上扭曲的熱空氣出神，覺得眼前的生活物質上不虞匱乏，但總覺得缺少一些什麼，漸漸對事情感到沒勁，你當然明白你妻不會理解這樣的情形，你就還是一樣有節過節，有假期就陪她飛出國去玩，你要你和她都安心。這一會兒，她提了兩大袋上車，你瞥有一袋裡面是滿滿的零食與巧克力糖，「看什麼看，快開車啦」，她像是做壞事被抓的小孩一般，吐出粉紅色的舌頭對你作了鬼臉。

這村已是午後，尚未隱沒在雲端的太陽斜掛在天空照得人暖暖的，你駛進村莊內的大路，全村也只有這條連外道路有鋪上厚厚的柏油象徵邁向現代，街上的路燈掛著大大的燈罩，燈罩的造型是牡蠣，牡蠣殼微張含著圓的燈泡，眼前還未亮起，但它青灰色的燈泡正好讓你想起真正在海裡以浮游生物維生的牡蠣，你怕腥不敢吃牡蠣，你說有股腥味使你頭暈，但這樣保有距離的欣賞，你尚能接受。

岳父岳母住在一幢二層樓透天厝，你從白鐵欄杆向內望去，前庭擺著數個橘色塑膠方桶，漁網則掛在圍牆的鐵釘上，地板鋪著大塊大塊的花崗岩地磚，紗窗門內有光亮透出，你正猶疑著是否該是這午睡時間打擾他們，刷一聲門被拉開，走出一個身型壯碩的男子，那是你岳父，他趿著拖鞋走下階梯向你走來，他推開白鐵欄杆，閃身讓你們進來。

就座後，你不自在地笑著，岳父照例問候你們近況如何，談談工作時事和今年年節後便久未落雨的怪異氣象，沒什麼內容的談話使你疲倦，但又不得不打起精神應付，倒是他道地的閩南語難免有些拗口，使你有些部分聽不懂。他往酒櫃裡拿出一瓶高粱酒，意思要和你喝一杯，岳母知意便趕忙收拾桌上杯盤，到廚房裡忙她的事去了。你妻拿了兩個玻璃酒杯並為你們斟酒，滑順的酒液瀉入小酒杯中，滿室皆聞酒香，舉杯入喉，滾燙火舌逆喉而上，你不自覺打了個冷顫。

岳母端來一盤未切成片的條狀烏魚子，他將牛皮紙包覆著的烏魚子取出放在案上，再往盤子裡倒入些許高粱，酒液撲滿白瓷盤，透明而色似水，他從身上摸出火柴，刷的一下便往盤中點去，一瞬之間藍焰昇騰，細長而淡藍的火舌扭動著，他鐵夾夾著烏魚子往火裡去，火舌立刻被壓下，吃力地扛著厚實的烏魚子，如此烘烤一分多鐘，烏魚子釋放出香氣，這甜香挾帶淡淡的魚腥及濃烈的酒香，你不知不覺吃了許多。

稍晚，已有幾分醉意的你陪妻到海邊堤防散步，廟裡的紅燈籠連接到遠方，你們一直很安靜，聽著鞋子磨著砂礫的聲音，佈滿星子的天空澄澈如水滴，快要滴到你身，眼前屋舍連接在一起顯得擁擠，幾乎每一間房子的二樓或三樓窗戶裡都透著紅光，你便知那是神明廳，裡頭大概有廟裡請回來供奉的神像和深黑色神主牌位，有長年不滅的紅燈照著。

在這樣熟悉又陌生的情境中，你隱約想起自己也曾住過那樣的房子。

那是溽暑時節，你父親對放假在家的你說：「帶你回鄉下玩一下要嗎？」

你遲疑地看了母親一眼，你母親卻背過身去，你覺得也不是什麼大不了的事，就同意了，當下收拾衣物，父親去開車，而你在路邊等他，看著如潮湧的動車流，你難掩要出遊的快樂。你和你父親下南部的路途中，你不斷吵著要吃某種有著玩偶頭像打印的糖果，但找了許多家便利商店都買不到，你父親的臉色越來越不耐，他接了一通電話，你坐在後座聽你父親對著手機咒罵著實心驚，頓時安靜下來，心裡盤算著該如何面對同在一個密閉小空間裡盛怒的另外一個人，你想著想著竟不知不覺睡去，你當時並不知那是一趟單程的旅行，不然你不會那麼放心地睡去。

他一定以為你還在因為買不到糖果在生悶氣，後來在斗六休息站，你父親買了一個怪奇狗娃娃給你，你們一同在車上吃著休息站煎了很久終於被人買走的香腸，你抱著那有著巨大狗頭但身體很小的娃娃，一邊吃著竹籤插著的冷香腸。

一路上睡睡醒醒，終於在凌晨抵達你父親從小到大的家，那是一幢三層樓的洋房，仰首看去，一二樓是木框玻璃窗，窗戶之間是白灰粉牆綴以花草雕，三樓則內縮一部分為陽台，周圍圍著黑色女兒牆，樓頂窗戶裡頭透著朦朧紅光，照在氤氳夜霧中有如一隻黑貓的眼神，還來不及細看，你便被爸爸叫下車，他拉開一扇沉重的木門，底部傳來重物在金屬軌道移動的磨擦聲，客廳裡坐著兩個人，一位面容清瘦的老者，兩道法令紋深深刻在臉上，黑裡參灰，像兩把劍豎在眼瞳上，深陷在眼眶裡的眼珠炯炯有神，另一則是高大的中年人，一張蒲葉似的大圓臉，穿著白色短衫，雙臂肌肉將衣服撐得緊繃。你爸爸喊了一聲：「爸，你們還未睡阿？」緊了緊牽你的手要你叫人，你扯開喉嚨打招呼，他們寒暄一番說正是在等我們，父親吩咐你將行李提進來，你回過頭來便發現，客廳只剩你大伯。你和他坐在木沙發上，他問了你幾歲啦，讀書讀得如何呀，你含糊地回答著，眼睛盯著頭頂如蜻蜓翅膀的四葉風扇不斷旋轉，因為挑高而顯得寬闊的空間，乾淨得看不見一隻蜘蛛壁虎，他們私晤半晌，你爸爸出來後便領著你往二樓他以前住的房間裡去，二樓是合式房間，你們父子倆都累了，當夜睡下。

翌日，太陽光穿過窗戶，照得你身子暖暖的，你醒來後發現你父親已經不在了，你著急地下樓，穿過未開燈陰暗的長廊，來到客廳，你阿公好整以暇正在泡茶，那長長的木桌上擺著各式各樣茶具，他似乎發現你神情有些慌張，他告訴你爸爸有事已經趕回臺北了，你就這樣被遺棄在一個陌生的時空。

因為你哭，你阿公拿你沒輒，便騎著他的腳踏車帶你出去溜達，不平整的馬路上騎得歪歪扭扭，你出於害怕便抓緊了他的襯衫，一路上他不斷和行人打招呼，好似全村莊都熟識一般。經過雜貨店、麵攤到了廟口，這裡有早市，小貨車載著家用品停在一旁做生意，另有菜販蹲在羅列在地的青菜們旁，還有用保麗龍裝著的魚，仍活著的魚在狹小的濁水裡大口大口地呼吸。阿公將車停在廟前石獅旁，有個阿伯對他說：「帶孫子來拜拜唷，真好命」，「這我小兒子的啦」你阿公笑著回他，牽起你的手走進廟內。

廟內比外頭涼多了，你阿公抓起一把香數著數目，點燃之後遞給你，你對著香吹氣，看香火光明滅不已。從天公爐開始拜起，正殿端坐著五尊神像，你後來才知道那是李池吳朱范五位千歲，偏殿分別祀奉著土地公、註生娘娘，還有後殿觀世音菩薩，一一拜過之後，你繞到後殿看那龍池，那尾交趾陶龍張牙舞爪，長長的龍身有飛騰在空中，亦有隱藏在水中，盤在池中如被定格一般，池中一尾又一尾色彩鮮豔的胖鯉魚穿過長滿青苔的龍身游來游去。

你就這樣子在這漁村住了兩年。兩年內，你大伯帶著他一雙兒女和伯母搬了出去。一日你放學回來，發現家裡空無一人，走到廚房才發現阿公彎著腰扶著瓦斯桶，面如金紙，你急忙跑到你大伯家求救，大伯一聽察覺到大事不妙，趕緊隨你而去，送到醫院檢查發現肝長了兩顆腫瘤。

你坐在排椅上看戴著淺藍色口罩的護理師，一直很忙地切換國臺語，應付著來去的病人，稍微豐腴的體態和畫得倒勾的眉毛，她身後的牆壁上掛著三張醫生的證書，木框框著證書顯得乾淨俐落，一旁的木櫃放著一疊又一疊的資料。白熾燈光和冰冷的空調讓你非常不安。你父親自臺北連夜趕來時已是深夜，戴著鴨舌帽的他，甚至因為著急而沒有看見你，就闖進病房，你覺得你站在他面前，他也需要幾分鐘的時間遲疑你是否是他的兒子。

你阿公就這樣倒下去，沒有再起來過，被判定是肝癌。家族內總動員為救阿公懸掛在死神指尖的命。

這日，到村裡大廟「觀王爺」，因為正值鰻魚苗大出，人手正缺，幸好託人情總算請到兩名轎手來幫忙，大伯母買了鮮花素果和三份金紙放在神桌上，那是一張蟒龍桌，已被香火燻黑的龍首仍挺立在浮雕的祥雲與火燄之中，龍鬚怒張，銅鈴一般的眼珠圓瞪，再往上看去是一頂手轎立於其上，那像是一頂被縮小的椅子，扶手及關節都以白鐵包覆著，中間插著三炷香，煙不斷向上昇騰，在王爺降壇之前，人們都在一旁或坐或站地交頭接耳。

正在大家有些不耐煩時，一名黑漢子莽莽撞撞衝了進來，等他甩掉一身汗，定睛一看才知道是今日主掌手轎的正手，他叫阿清，或許是剛忙完工作，他的白汗衫緊緊地黏在他身上，把他健壯的身材盡皆展露，他喝一杯別人端給他的水，便到廟旁廁所換衣服，稍待片刻，他便換了一身乾淨有領的衣衫走出來，他先到壇前拜了三拜，與今日副手商量兩句，兩人走向神桌前，便手握著轎手把，他們神色凝重，握著手把的四隻手青筋暴突，像是老樹藤盤結結實的手部肌肉，長長地吁了一口氣，旁人將香取下，大氣不敢出一聲，這時，外頭一陣大風吹進廟內，手轎離桌，王爺此刻降臨來，夕陽遠遠掛在堤防之上，廟裡暗了下來，手轎的前端重重地摔在神桌上，兩位轎手不停地踩著四方交換位置，兩人壓下身子，手轎抵在地上，他們臉色漲紅，汗涔涔而下，如此折騰了數分鐘，他們站穩了腳步，以微笑曲線來回晃動手轎，手轎上的鐵環相互碰撞，細碎的金屬聲聽來悅耳，大伯父他們靠向前去開始問事，轎手閉上眼，手裡卻不曾停過，這一句大伯是問為何會生如此大病，手轎在鋪滿沙的神桌上畫出一個字，在旁看的一位先生讀出一字「命」，大伯一聽見這字，臉色便一下慘白，伯母在旁問能不能請王爺化解這劫，手轎又是一陣翻騰，這次落下來是一字「回」，這給了先生一大難題，先是往好的猜，猜是這人還是會平安回來，手轎狠狠地摔在桌子上表示不是，面有難色的先生，片刻後又問是不是回天乏術在劫難逃，手轎這時旋轉不止，輕輕點劃了神桌，這大家都看明白，是藥石罔效不用醫了，伯母又連續提問了幾個問題，但王爺無論如何都不肯再落半個字了。半晌後，廟內歸於平靜，手轎仍安放於神桌上頭，像是沒發生過任何事，但廟裡多了一群失落的大人和小孩，你們都被一種無力可回天的氣氛壟罩，伯父仍照禮數包了紅包給來幫忙的朋友們，並且要辦一桌酒菜犒賞他們，但他們也知今日這事無法善終，收了紅包婉拒了宴席。

是夜，你阿公在燈光昏黃眾人環視的房間內進入彌留狀態，你透過略有汙點的玻璃窗，向外看去，月亮很大很圓，月光既純潔又透著妖異的邪氣，外頭不斷有貓叫，喵嗚喵嗚叫得人心神不寧，你捂著耳仍然睡不著。算算日子，你也有十天半個月沒有和阿公說到話，阿公長滿大大小小腫瘤的肝終於與癌細胞同歸於盡。

村長很快就趕到現場發落事情，急忙打電話給區公所，請派專人來開死亡證明書，你大伯忙著打電話給在外工作的親人們告知消息。

出殯那天你躲進頂樓神明廳，來弔唁的賓客擠滿了門庭，你總算從那種彆扭的狀態脫逃出來。門楣上掛著紅燈籠，上書歲次及風調雨順國泰民安，你轉身細細打量端坐在神桌上的王爺，祂雙目微闔神色肅穆，頭戴銀帽，玉冠束髮，帽上雕花細緻處有如細針巧雕，一手扶著龍椅，一手托著上身腰帶，腰帶上雕有獅頭咬碧玉，繡著雲朵的滾金邊戰袍披至身後。

你細看了半晌，便躲入神桌下歇息，覺得疲倦得緊，在半夢半醒之間。你又在夢裡回到你過去記憶裡曾駐足的所在，但夢裡的光影和事物都氤氳不清。那是一座祠堂，是你還被大人牽著手交代不要如何放肆的年齡去過的，祠堂本身矮小又年久失修，更顯頹敗，你跨過斑駁紅木門檻卻因太高而踉蹌，幸好還是站穩了，但你不免猜測是祖先們難測的作祟，夢境裡僅剩你一人，廳堂中央放置許多神主牌，一層又一層疊高上去，你發現你墊起腳尖仍無法看見最上端被隱蔽在黑暗中的盡頭，你才意識到這裡並非想像中的狹小。紅蠟燭的火芯搖晃不已，你打算跪下一表無意闖入的歉意，膝蓋甫觸及蒲團就一直往下沉了，像在沼澤中，泥砂被你手腳攪的混濁不堪，水草繚繞腳邊，你感覺到在掙扎之中指縫都滲入細沙。你用力踢開水草無功，反而有越加緊縛之感，你只好任由現況發展，水面有暖意傳來，應是陽光直射水面帶來的溫暖，你出奇地鎮定，似乎察覺了夢境之中身不由己，或者說夢其實是一個無名神祇要帶你回到過去完成一個任務，去看過去你在現實中歷經過的卻錯失的世界，那細節平時看來毫無意義，就像你今早瞥見早餐店桌上報紙上的一小欄新聞，你轉身便會忘得一乾二淨，沒有任何明確的意圖能讓你思考與記憶，但你還是被提起衣領丟入夢裡，回到那些充滿寓意卻如佛教公案難以破解領悟的情境。

這時有一條大魚游過，牠逡巡不前似在打量著你。牠張開嘴想把你吸進肚子裡去，但你肩膀太寬，剛好卡在牠那擴張到最寬的魚口，你胸口傳來劇痛，有尖銳的物事硬生生在你身體開了口侵占進去，你低頭，看見牠鬆散的獠牙竟就嵌進你的胸腔，肋骨若隱若現，恍若支架撐起一個巨大的穹頂，保護著內裡脆弱起伏的肺腑，你才發現，原來你身體裡藏著一個如此幽深黑暗的空間，那如生鏽鐵釘般泛黃的獠牙帶給你強烈的疼痛，維持著你神識清醒，但你更深的恐懼在於不知何時會咻一聲吸入大魚的食道胃腸，變成深褐色的穢物被排出，你曾經猜測過自己死亡模樣，但你不能預期到這樣狼狽的情況。但厲牙不停扯著你欲裂的軀殼，你覺得即使狼狽也比受折磨好，快快變成魚的一體吧！

匡噹一聲驚醒了噩夢中的你，你探頭看見開光鏡落在地上碎成不規則形狀，鏡面仍然可見當時硃砂筆所畫的符咒。你心中不安感甚劇，本想倉皇而逃，卻發現在你遠方似有嗩吶與銅鑼聲，那種聲音蓋過樓下辦喪事吵雜的孝女白琴哭聲及司儀控場的麥克風聲，你彎著腰走出神桌底下，你向陽台走去，推開落地窗，一陣強風穿堂而過，圓筒金爐匡噹一聲倒在地上，灰燼被風捲入廳內，你抬頭往外看，發現一隻又一隻小兵將牽著馬自天邊翩然落下，他們通體散發著柔和金光，綿綿不絕的隊伍接天，你往你家神桌一看，發現端坐在上的王爺正將起身，他淡淡地笑著，那是一種讓你打從心底舒服的笑容，你甚至覺得所有苦難都將因此化解，他沒有開口，但有一種強烈的感覺印在你心頭，他要離開，守護你家近一甲子的神靈，他就要離開了。他踩著緩慢的步伐踏在空氣階梯上而去，與他接頭的是一名頭戴銀冠的中年文士，王爺踩上馬蹬，化作一陣長風而去。

你下樓，走廊的燈都沒有開，昏暗沉靜得如同往常午睡的時光，客廳隆隆作響的冰櫃已經撤離，取而代之的是一具光亮如蘋果表皮上蠟的棺材，大人們圍了一圈，你撇見在一旁的爸爸，他像是察覺了你，三步到你面前，撈起你的手往外頭站去，長輩們目光飄忽，輕聲細語地交談，你聽不見他們在說什麼，而你爺爺很安靜。

廳外有一道士，端坐在椅子上，他好幾次緩慢地伸出左手，察看了時間，這一次他似乎明白時辰已到，一手拉起皂色道袍，揚起的風掃過你的臉，你先是嗅到金紙燃燒的味道，而後是你爺爺獨特的味道，你覺得你爺爺好似在你身旁。

道士手持招魂幡進廳領著大家走了出來，大伯的兒子捧著斗隨後，其他人魚貫而出，留下了幾位叔叔伯伯扶著棺走出來，你聽見棺材鐵架的輪子碾壓柏油路的聲音，喀啦喀啦地顯得顛簸難行，道士踩著不疾不徐腳步將送葬隊伍引至街口，那裡已有一台大貨車改裝的花車下好車斗在等待著，大人們合力將棺材抬上貨車，散去坐車一同前往墓地埋葬爺爺。冗長繁複的過程幾乎折磨著每一個人，在夕陽垂掛遠方海平面的時候，你們離開了爺爺睡覺的地方，坐在貨車車斗加釘的一排木椅上，拂面而過的風帶有海邊特有的腥味，你陷入漫長的沉默，被漸漸調暗的天空終於黑得一無所有了。

「醒醒，我去上班了。」她搖了搖你的手臂，你翻身坐起感覺涼意，披了件襯衫，還未能從縮時電影般的濃縮夢境裡清醒，你輕揉著太陽穴望著她抽菸，她用手理了理她的髮梢，拿了擱在一旁的包包便出門了。她不像你妻會熱熱鬧鬧地做早餐在你宿醉之時，但你離婚後是她將你從荒唐的泥淖裡拉起來，是她替你打點生活大小事，是她陪你看《令人討厭的松子的一生》，反而是她哭得一塌糊塗，她說女主角松子走在反射著明亮月光的公園綠地上時，中二生在後方亦步亦趨屢屢對同伴竊笑以球棒重擊後腦，那一幕讓她氣憤地說，這世界對她太殘忍。而你腦海卻不斷浮現女主角在家門上以蠟筆重複書寫：「生而在世，我很抱歉」，你以為松子只是明白世界，本身的殘忍和她自己不能扭轉更改的善良及對美的依存。

你喝下一杯上頭漂浮細小灰塵的水，你今日休假，桌上一張她留的便條要你記得帶家裡阿龜去看病，牠生了一種被黴菌爬滿全身的病。你走進浴室，想先洗個澡讓自己清醒一下，你拔下眼鏡擱在洗手台，低頭看落在地上被打濕的髮絲，一根根拖著長長且扭曲的尾巴，有如滿地精子在灰塵造的寂靜星空中悠遊，你找了很久沒有發現卵子的蹤跡，證明多數精子是孤獨的。

關於你昨晚作的夢，你此刻方有頭緒，你以為人生裡已確切失去的一部分，連回憶都只是片段的畫面，竟在夢裡將那些死去的流離的家族整個召喚回來，竟如此被動像被綑綁著看一場殘忍的電影。你刻意抹滅或記起都無法影響它存在，你參與了那幢樓房變成古厝的最後一段時光，你也清楚自己曾經在那生活過，但它的拆除改建讓記憶力薄弱的你，想偷偷把它忘記，卻又在夢裡被它發現心虛不已，你總會懷疑是否自己那段時間錯失另一段人生的開端，而不應該是這樣。人生就像一列失控的火車，向前衝撞不能停止，你只能鳴笛卻無法控制，心裡一直掛念著無能為力的失誤，錯過沿途綺麗風光成必然，注定你後來的失敗痛苦折磨不斷輪迴。

你想起你妻離開你的那天，你站在陽台穿過爬滿九重葛的鐵窗，目送她踩著高跟鞋，慢慢消失在巷口，一如你最初認識她的令你心動到後來的心碎，所有回憶又在你腦海迅速地跑過一遍，回過神，你又覺得自己實在疲憊得難堪，你看著收拾乾淨的桌面和折疊整齊收納在櫃裡的衣物，覺得這間屋子仍充滿了她的痕跡，而她是確確實實地離開了。你知道你再也等不到，她在那小角落，凝睇含笑，輕輕地跳著舞，你等不到，你也明白她將無可取代。在你跋山涉水窮途末路之後，你格外體會她燈火闌珊處最初也是最後的回眸，那麼飽含深意令你瞬間潰散。街道上的苦楝樹開花了，淡紫色花朵帶一些小綠葉包圍了枝幹，昨夜下的雨在地面形成積水，如米糠大小的花瓣散在水面上。

蝕

廖紫如（中文碩一）

「敲響每個還會響的鐘，忘了你那完美的貢品，每一個生命都有裂縫，如此才會有光射進來。」——李歐納．柯恩《渴望之書》

中年發福的警官，坐在破舊的辦公桌後，桌上堆滿文件和書籍，坑坑洞洞的臉上顯得相當不耐煩，一樁怎麼看都是自殺的案件，並不如想像中順利地結了案，前方站著死著的弟弟，莫約十七、八歲，少年臉上的表情在他看來怎麼樣都像是呆愣著，少年看著粗糙厚實的手掌拭去臉上的汗水，且下意識地抹在了泛黃的襯衫上形同碎浪的皺痕……。

警察來過沒多久，初步判定是自殺，那已經擱置停屍間覆著白布只裸露一隻森白的手的哥哥。

現場沒有發現任何異狀，所有東西的指紋、毛髮、皮屑，全屬哥哥一人。散落在房間的，只有幾個啤酒罐，和一條綁死在天花板上的粗繩。「不可能，我的孩子絕對不會這樣，他孝順又善解人意，絕對不會的。……一定是被逼迫的，一定是被逼迫的！」媽一口咬定哥哥的人格，完美無缺。

但絲毫沒有進展，警察甚是不怎麼耐煩的就這麼結案了。媽和警察不全然是對的，我確信，沒有那麼簡單。

那之後，已經過了三天，有關於哥哥的死。

哥哥的死，爸媽誤以為是壓力太大，如此他們竟有些憤恨地看著不如哥哥優秀的我，轉而冷淡，彷彿我已沒落。他們是愛著哥哥的。

哥哥什麼東西也沒留下，包括任何隻字片紙。而事實上也並非無跡可尋，關於哥哥的死因，那其實是預謀許久的。自從哥哥上了高中，性格逐漸改變，不是冷淡，反而更像是沒了知覺。慢慢地，他開始將自己關在房裡，不准任何人進入，就算走出房門也好像誰也沒看見，包括我。

哥哥原來不是這樣的，他聰明、靈敏、和善而且幽默，無論是課業或是人際，是已經接近完美的存在。但哥哥越來越古怪，逐漸不和人說話，也不接觸，開始自言自語。沒有人能和他說話，除了他自己。

曾經有一次哥哥不在，我不自覺在他房門徘徊，許久，我深吸一口氣，推開一條門縫，湊近窺視，但太黑了，除了沿著門的那條光線什麼也看不見。凝住呼吸，我想，再仔細的……忽然眼前一亮，我倒抽一口氣無意識地往後退一步，心臟彷彿被緊緊抓住，我喘著，撫住胸口往後一看，是哥哥。

哥哥他出乎意料沒有發怒，他什麼也沒說牽起我的手走進房間，在書櫃前一一將每一本書抽了出來，然後說著那些書的內容，背景或者作者的種種。彷彿，彷彿是對我這個弟弟許久未能盡一個兄長的職責的虧欠與彌補。瞥見哥哥清瘦的側身，我才專注地端詳起來，總是待在室內而顯蒼白的肌膚，隱隱攀著青色血管的手臂，臉是書卷氣質的，但沒近視，睫毛有點長；好漂亮，我從沒發現哥哥的容貌如此美麗。

哥哥自顧自地說著，我以餘光環視房裡，書桌、床、電腦、書櫃，擺設沒有什麼特異，只是窗戶從不打開讓陽光透進，而整個房間推滿了各式各樣的書，因沒有刻意整理略顯凌亂了些。半晌，我發覺哥哥對每一本書熱衷的介紹，就像是昭告所有人他有多麼天賦異稟，好像，讓人睜不開眼的奪目。

然後哥哥忽然不說話，我怔住。

由於不再像先前那般害怕，我便抬起頭注視著哥哥。他沒有表情，走向床鋪，坐下，看著我。

「來，過來這裡。」他說著，一邊騰出一個位置。沒有來由，我也不知道該如何揣測。我不曾這麼近看過哥哥，懾人的美感，竟讓我欽羨起來，也許這就是所謂孺慕之情。

哥哥神情有些呆滯，彷彿望著什麼出神，但也好像什麼都沒看見。自他瞳孔，竟緩緩地，像是拉出一條黑線，翦翦雙瞳，如一黑色漣漪萃取一團濃墨，在哥哥身旁游移變形著。時而蜷曲，時而絲連。

那是什麼？蟲？還是我的幻覺？只覺得這像是蟲的東西讓我不太舒服，哥哥已然無光的眼裡，好像慧黠的神采被抽空，遂成一具空殼。哥哥咧開了嘴，在笑，此刻的哥哥竟有種猙獰。「佾，佾書。」他說，他喚著我的名。

「你知道嗎，它不停侵蝕我。記憶，對的，是記憶，尤其是厭惡的，全都會被吃的一乾二淨……我以為這樣很好，可是，可是漸漸，什麼都開始不重要了，好像，好像消失了也沒關係……。」

是誰說的，死亡使一切平等？

哥哥表情扭曲了起來，它急劇收縮，瞬間又竄進哥哥的身體。我詫異著，不由得恐慌。

「沒有人能看見他們，我們，我們可以。但是，我已經，什麼也沒有了。」哥哥抓著頭，眉間皺縮；然後哭了。

有種悲哀，但哥哥遂轉而發笑，是很淒厲，我難以克制地顫抖，拳頭一緊往門外狂奔而去。身後，彷彿隱約聽見他最後說的那句話。

「你也逃不掉的。」

自那之後，和之前的情況無異，目中無人的生活。而當時就好像死前的迴光返照，短暫回溫，或是失溫時總會莫名燥熱。

真實總是這樣，與有限的資訊毫不相干，牽連不行。所以說，其實根本沒有人懂哥哥的吧。我躺在哥哥的床上，看著懸在天花板的繩子，緊閉的窗開了，風吹得那繩環搖盪。也許有些什麼因此而掙脫；又也許，此刻的繩環還緊扣著什麼不甘心。微風，有點微涼。

擺在桌上的百合花透出淡淡香氣，交雜了如此晦暗的隱蔽所。

我想起生病後哥哥說過一個故事，說上帝以汙泥創造了世上第一個女人莉莉絲，她就是亞當的第一個妻子，後來她開始拒絕上帝要她服從亞當的要求，並在三位天使的逼迫下跳到紅海自殺，墮落後與撒旦相戀。而那之後相傳亞當和夏娃被驅逐出伊甸園後，夏娃傷心流淚，眼淚滴在地上化為百合花。

哥說，那是屬於人類的花朵。

爸媽失去了哥哥，哭得傷心，可是我怎麼也不敢說出那蟲子的事。他們什麼都沒看見。

房間只剩我，哥哥不在，我亦失去對這房裡一切窺視的慾望。

日光已落，哥哥的死無聲無息，房內漆黑一片，彷彿那蟲隨時會奔騰竄出。這幽黑，依附著有形的哥哥的遺物而生：那些書。我從不願知道那些書，也許我對哥哥多少有著仇視，畢竟那完美，我總要羞慚地與他比較，即使那從來都不是我自願的。

記得有天下午，哥哥曾經跟我說過一個故事，故事是這麼說的：「一個部落裡，有個被視作英雄的父親，他有五個兒子，父親逐漸衰老，每個兒子都想得到他的位置。夜裡，五個兒子合議，一起將父親殺了，他們害怕不已，又將父親分食，隔天，他們對族人說：『父親，是被祖靈接走的。』」

常常，我的心情好像故事裡的那五個兒子，既是恐懼，又是崇拜。

就這樣吧。拒絕思考，就這樣吧。

倏地，眼前漆黑，如一深潭深不見底，房間，門與窗緊掩，幽冥一般悽涼，空氣濁黑色凝結成液態流體，擲地無聲，卻是沉重無比的。感覺上是水中，移動緩緩，耳邊像是器械沉悶響作，房間既扭曲又飄忽，彷彿海市蜃樓。門窗緊掩。那蟲正游移，還是猶疑呢。在我眼前，我以為，你也要吃掉我的記憶嗎？「不……。」蟲沒出聲，卻在我腦中浮現，鏗鏘有力。它急劇縮小，顫抖，在掙扎嗎。「為何你要殺死我！」它尖銳爆出聲響，我睜眼，天色漸亮。

打開電視，頭腦還很昏沉，我只讓眼睛打開一條縫，晨間新聞。那人的嘴彷彿機械，頭髮梳得整齊，襯衫，套裝，微笑。但這是不可避免的，是絕對的啊，因為他也沒有可能掙脫的了。

它製造並且提供許多東西，知識、常識、價值觀、我們與世界的關係，自然也有希望與絕望或者謊言。知識爆炸，如何能佔據人類這狹小的腦袋。這是最好的時代，也是最壞的時代；這是頹廢的年代，這是預言的年代，狄更斯與荒人如此說。時間見證這時代的存在。

可是哥，我要如何單憑記憶就將你拼湊出來啊，如同那晨間新聞的主播，一絲不苟、從容、理性且客觀，對於他便再一無所知。

但我的世界豈止這樣，唯獨從唯一一條管道得知所有的資訊？這實在太荒謬。

「待會要做物理實驗，你是不是應該準備一下。」宇說。哥的死過於低調，就連學校我也沒有請假，好像深知必然會逐漸淡忘。學校也沒有任何變化，宇也是啊，我總這麼深信著的。

我們將雷射光源垂直入射於單狹縫（singleslit），觀察屏幕上所形成的繞射條紋，然後測量出光的波長。那是一節一節的亮紋，同時進行破壞與建設性干涉，同時創造又同時毀壞，然後產生繞射，而我們得到一個實驗數據。我們反覆實驗，以不同孔徑大小的狹縫，重複著相同的動作，測量，紀錄，然後比較。「所以說，如果換成孔徑比波長要大的狹縫，就會看不清楚了？」宇問，一邊用直尺量著亮紋寬度。「嗯。」我說。

下課時間，我和宇收拾著實驗器材。其他人都走光了，或許沉溺在實驗之中是最平靜的吧。

只要深信著數據，那就是真理了。

然後我陪著宇到他家一起整理物理實驗還有講義。我們高二，好像是該循著制度到下個體制去了，但我還覺得茫然。我一直很明白自己是一個將死的人，而自己現在卻是被安置在柔軟的絕望之中。蟲子如同天使，也是死神吧。每天看著準時走進來的老師，又恍惚想著老師也許也年輕過，名符其實的年輕與美好，書本在清瘦的雙手下被撫摸，挽起的袖口低低滑落，眉眼間或許還有一絲不忍……。

時間差不多，我起身，瞥見一張照片，宇和一個女孩，我指著照片調侃，嘖嘖。宇說，沒有沒有，那麼久的事情我哪記得。那瞬間我彷彿看見那隻蟲在宇身上抽了一口，隨即消失，宇將照片收進抽屜，說時間不早我該回家了。

突然感覺好像找到了一點線索，有關蟲。

蟲彷彿像哥所說，吃掉了不想要的記憶，但一般人好像沒有察覺到。

我關在房間用電腦上搜尋，關鍵字是蟲、吃食記憶、潛伏人群，我不知道該用什麼關鍵字，共找到三百一十三筆資料，但好像都無關緊要。

第一筆資料：「……讓我想想，我原本計劃造潛伏者，可是看樣子是出不去了，那不如升級上限蟲的運輸吧！計議一定，我迅速升級，同時造了一個飛龍塔。……可惜這樣熱鬧的人群中注定要少我一個了，我和飛飛來到學生會後面的小花園中站定。……我跟著昱上了火車，記憶中從沒有哪次登火車如這次般痛苦。……」一部叫做我們的黃金時代的網路小說，是第十八章，的確不太重要，我直接捨棄。

從七十二比資料開始，陸續出現了一個叫做解夢全書的文章，除了小說之外出現次數還不少。「……例如《晉書》載，曹操曾夢見三匹馬在同一個槽裡吃食。……同樣，人們能確切地把某些事記憶為發生了的，即使它並沒有發生。……而實際上也許是這樣，當一件大事發生後，他在記憶中的許多夢裡找到一個和這件事似乎有關係的夢，並且有意無意地改造這個夢，使它似乎成為了預兆。……」

解夢嗎，似乎關係不大，看樣子還是不行，找不到什麼資料。我捏捏鼻樑，覺得眼睛有些泛酸。

走出房間，爸媽在客廳，老樣子的傷心，媽在哭，滿臉倦容，而爸沉默著。我盡可能放輕腳步，在這近乎無聲的房子之中，連針落地都是錚錚巨響，我小心翼翼走到廚房想找些食物。

「俏書？」媽突然叫住我。我回頭，一個巴掌突如其來，我腦中空白一片，鎮日沒有進食讓我覺得暈眩。

「你在這裡做什麼，為什麼不去唸書，就要考大學了為什麼還在這裡，為什麼不學學你哥！」媽怒吼著，哥死掉以後第一次發起脾氣。這是對我的指控嗎？臉頰很燙，我突然覺得想哭。「我不是哥……。」「別給我狡辯，你太懶了，所以才沒有你哥那麼優秀。」這是媽正面對我的控訴，阻止不了的，就算我努力別讓自己過於情緒化。

可是，我太迷惘了。迷惘到只能是活著，除此之外不知道自己是什麼，或者還有什麼價值。好像我總是活在哥哥的陰影之下，我欽羨著，我也深信在生活之中可以找到自己究竟可以擁有什麼，擁有什麼價值。

媽及肩的捲髮逐漸長出白髮，面容彷彿蒼老了許多，爸什麼也沒說，就只是整天看著哥的照片。

我走進哥的房間，情況像上次進來一般。窗戶再也沒開過了吧，有股潮濕氣味，繩子也還在，我想我和爸媽都深信著哥哥。

打開哥的抽屜，他將所有獎狀獎牌都收在裡面，從不曾掛在牆上。我趴在哥的書桌上，淡淡的木頭味道，好像還殘留著哥哥的氣息，一種沉靜。我沒開燈，月光從窗透射進來，除此之外是個密室。埋藏著哥哥的。死前的哥哥手裡拎著幾罐啤酒，在客廳打開了小津安二郎的電影，自己喝了起來，哥一直很喜歡這種空鏡頭，鏡頭裡那父親獨自坐在房裡，鏡頭從門縫看進去，我想起小時候總總在犯了錯被媽媽狠狠修理了一番，自己一人跪在門外哭了許久，從門縫裡想偷看媽媽是否已經氣消。哥已經許多年沒有流過淚，看著螢幕上的背影，我總又想起被媽媽打罵過後哥總會摸摸我的頭說，沒事了。喝完最後一瓶啤酒，那時的哥哥昏昏沉沉躺在沙發裡，意識模糊，失聲地喊了一聲「對不起」。

下雨了，雨水沿著窗滲透進來，整個房間緊繃著，像是許久未曾活動過的筋肉和骨骼，卻荒謬地有種安閑，瞇著眼開始幻想年幼時和哥哥等待著母親那雙高跟鞋格格踩著雨水走來。

吃食著哥哥的蟲進展太少，目前所能掌握只有那麼一點，刻意遺忘的記憶，難以捉摸的存在，或者說是無所不在，而且也沒有任何資訊。除非到圖書館找出更有年代的記載，但不行，我沒有確切的關鍵，這樣的行為是大海撈針。

但為什麼那隻蟲不吃掉我？我突然想起先前在這裡的事，它拒絕了我，為什麼拒絕？難道我沒有很想忘記的事嗎？「是。」我愣了一下，是蟲。

最後還是回到這裡了，循回最原本的地方，房間，蟲，還有哥哥。我想。

總是只有在又寂靜又陰暗而且封閉的時候才能單獨聽見，寂寞又尖銳的聲音。哥哥的事毫無進展我已經無所謂，哥哥沒能逃過，因為想遺忘想眷戀的太多太深。我們不可能一直這樣存在於同個當下，我會老會死掉，哥哥也是啊，那些榮耀對哥哥來說是負擔吧，什麼都沒看見就能夠欺騙自己沒有的事。可是事實也不會因此而不存在，哥一次就壞透死透了，完全沒有新生的可能。

好像我總是像哥哥的複製品，總是什麼都要照著他的樣子刻劃，而媽總說哥優秀，但哥很累的吧。

「你總是能夠囚禁我……。」

是的，我說。

不自覺天色漸亮，蟲像煙霧消散，我已經有些疲倦，又餓又累。這時媽突然衝進房間，怒視著我，徹夜未睡以及流淚使得眼睛充血。

「誰准你進來的，給我出去！」媽仍然激動。但有些許不太一樣了，我突然看見她眼中似乎有一絲光芒，仔細地。傳承給哥哥的容貌依舊，但有那麼一點點的不同。「去買些東西回來吃吧。」爸走了進來，拍拍媽的肩膀，給了我一些錢。

「哈。」一蟲的聲音。它繞著爸媽，狠很的，穿梭攝食。我沒有驚愕也沒有害怕，此刻繩子鬆落了，沉悶掉在地上揚起一些灰塵。

爸媽眼神柔和了些，我突然想起了宇對未來憧憬的神情。我握著錢走出門，看著太陽逐漸升起，蟲就彷彿穿梭在空氣之中，而我耳際彷彿又聽見了哥最後說的那句話。

「你也逃不掉的……。」

極短篇

PART 02

記得

許庭溦（中文一A）

阿永得了一種病，一種記憶逐漸消失的病。他不清楚自己記憶力正在退化，以為只是忘記，他同事阿川知道，曾勸他去看醫生，但他叫阿川別瞎扯，免得真的檢查出了什麼而丟了工作，他還有一家子要養，沒那種命。尾牙那晚，阿永因為腸胃不適而被阿川載回家。途中，在環堤公路上撞上黑影，阿川以為只是精神迷茫所產生的幻影，不以為然，送阿永回家之後，自己也回家倒頭就睡。隔天警察透過模糊的監視器畫面找上阿川，阿川得知他昨晚撞上了人，心亂如麻。不能！至少不能在今年留案底，他需要月底的升職機會，明年大兒子要留學，需要錢。對了！阿永不是有類似失憶症的症狀，如果說車是他開的，他不會被判刑吧？反正他也想不起來昨晚他做了什麼，只要向檢察官說昨晚真的是他開車不就好？「你有保持緘默的權利，好，賴高川，你是否承認你昨晚開車撞傷人？」

「不是我，車是我同事阿永開的。」「劉永才，你是否承認你昨晚開車撞傷人？」

「我最近忘記的事太多，但應該不是我開車的啊！」

「你以為我是第一次遇到用疾病來逃避罪責的犯人嗎？再問一次，你是否承認你昨晚開車撞傷人？」

「我……不知道。」

「醫生會檢查出你是真的有病還假的有病，如果說謊，在判決上會對你不利。」

不行，我還要工作！我沒有病！

「不不不，我沒有病。」

檢察官因阿永前後說詞反覆不一，起訴了阿永。不久之後，阿永檢查出輕度失憶症，法官因為他是初犯且有心理疾病，沒有判他刑罰，但是案底仍留在他的名字底下，因此丟了工作，被迫離開。幾年後，阿永的症狀日益明顯，只能靠吃藥來緩和遺忘的速度。

「阿爸，你記得我是誰嗎？」

「啊……」

「我是你女兒啦！你知道今天發生什麼事嗎？」女兒拿著報紙想告訴他奧

運開幕的事。

「是我開車的。」

「什麼？」

「我不小心撞到的，我不小心的……」

失蹤

楊沛容（中文三A）

他的姊姊失蹤了。他走過了炎熱的巷弄街道，夏日午後的陽光斜照。背包肩帶在他右肩上勒出深深的汗痕，潮濕一片像眼淚。他繼續往前走，白色上衣像是會一路走進陽光裡消失不見。可是消失的是姊姊，不是他。

他經過巷口7-11，走進都市鬧區，持續經過兩家清心福全，麥當勞，沒有買一送一星巴克，飄出的冰涼清潔氣味讓他突然想起姊姊身上的味道，夏日裡沐浴後的清淡香皂味，從長捲髮末端與蕾絲裙襬處若有似無飄散，一如此刻他的步鞋摩擦聲響混跡在汽機車引擎聲裡。他找不到姊姊，到處都沒有。也許去那間二手書店看看，他想，姊姊喜歡去那裡打發時間。書是最好的糧食，姊姊這麼說過，塗著裸色指甲油的手指輕快或緩慢翻閱每本書頁。其實沒有人在意她說過這句話，他那時也只是不經意聽到，沒想到這時候派上用場了。

二手書店裡空無一人，他微微錯愕。連老闆都不在。老舊的風扇轉著，成堆的書籍被穿透木格子窗的光線曬出了斑駁錯落的影子，店裡的空氣像裝滿太多說過的話而凝滯飽滿。他突然有點心慌，轉身推門而出，門上的風鈴叮噹響起，他被那聲響刺了一下，像有了傷口。他繼續往前走，停在離家裡兩條街外沒有招牌的裁縫店門口。他記得他國小時跟姊姊來過一次。媽媽要姊姊和他來拿一件修改好的裙子，他記得那件冬季的裙子，厚厚的絨布觸感，墨綠色澤是擁有湖泊的森林，夾雜其中的白色棉絮線頭像星星。這些形容詞都是姊姊跟他說的，他覺得姊姊想像力真的很豐富。店面裡擺放成堆的盒子，裡面裝著不同顏色圖案的布，不同個性的襯衫整齊摺在架子上，裁縫機永遠噠噠噠未曾停歇。可是今天店裡空蕩蕩的，裁縫機亦安靜無語，除了一隻穿白襪的黑貓在工作檯上頭睡去。他開始懷疑並不是其他人不見，而是自己在世界裡消失了，因此他和其他人都看不見彼此。走回街上陽光已不似剛才強烈。他決定先回家，和父母親說明這件事情，姊姊失蹤了，而且遍尋不著。或許他們會有辦法，找到姊姊，畢竟姊姊由他們一手養大，二十八年來沒有離開過家裡。母親在廚房裡熱油爆炒一盤青菜，父親讀著報。在他踏進家門時並未有什麼漣漪發生，一切如齒輪規律。母親滿臉汗水地抬頭，在鍋碗瓢盆鏗鏘聲間喊他：「老大，快去叫你弟弟吃飯。」

父親尋母親聲線亦抬頭，上下打量眼光如刀，滑過了他削短的髮和左耳的一排耳洞，巡迴在普通的寬鬆上衣長褲，照舊拋出一貫批評：「女孩子，弄的男不男女不女。」無論如何姊姊是真的失蹤了。他最後沒說，也沒人問。

在平凡中

黃佳韻（日文二C）

她像天神般的操縱著整個戰局，隻身掌控，但又討厭單調的模式。

於是除了眼下需要集中火力的主要戰場，海戰也悄悄地在同時進行，另外高能量光子武器早已編備多時，做最低防線的配置。

在那坑谷裡的哀嚎、喧鬧、翻騰不休都只像是渺小而無謂的掙扎。緊盯著四散的肉塊和殘忍刺目的紅，一切都在眼下無處可躲，她的興奮卻因此蔓延——一種由身體深處擴散至四肢的需求。

各種鐵器互撞的敲擊聲一時間佔據了所有聽覺、手起刀落一點遲疑也沒有。慢慢的戰況陷入膠著，原先令人作嘔的血腥氣味開始漸漸沉息、緩落。逐漸乾涸的戰事讓整個空間都彷彿降了音域。

深吸口氣，在這屬於她的戰場中，氣味使她得到釋放。而節奏也跟著慢了下來，對於自己剛才動的小手腳，導致現況的趨緩顯然是挺滿意，她微笑，表情放鬆而滿足，優雅地、輕巧地轉身面對那暗中作戰的一方——

水面下波濤洶湧，終致整個水域不平靜。戰俘紛紛投降的喜悅，透過握著武器的指間傳來戰慄，雖然對手根本無力反抗，但還是偶爾傳來一些武力相交的碰撞聲。然而於她，這些似乎都是天籟，依然享受那種匡噹匡噹的節奏感。

但還不夠，她開始哼著歌，依著自己的步調輕輕按下控制鈕，將高能裝置啟用後，致命的輻射隨著毫不留情的嗶聲狂烈地放出然後歸零，好像什麼事都沒發生一樣，只是又一次造成了一整灘熱騰騰的血肉模糊。

「這就像藝術——很神奇，又令人期待。對吧？」

她轉過頭，向著步伐穩重、踏進她世界的男子說，聲音裡充滿醉人的甜蜜。

男子笑著將她從背後擁入懷中，溫柔地回應：「是啊，我真幸福。」

她就像個小女孩般安心躺靠在男人的胸膛，不過只有一會兒，接著便俐落地再度開始忙碌，一邊快樂地和他分享：「今天有你喜歡的泡菜炒牛肉喔，我試著勾了一點芡，嗯，好香哦！啊，還有蛤蜊湯，昨天的番茄炒蛋在微波爐哩，剛剛熱過了，幫我端出來吧……再炒個菠菜就可以開飯囉。」

他嘴角含笑應了聲遵命。

老婆身為廚房總司令時最迷人了。男子在心底默默感謝自己的幸運。

錄音

田雅文（英文二Ａ）

有天，已過了凌晨十二點，半夢半醒間，我聽著那夜半的歌聲。

「啵、啵、啵⋯⋯。」

一開始，這重複的歌詞和低沉的人聲讓我不禁胡思亂想，彷彿能感覺得到四周那些令人敬畏的、透明的存在。但隨後歌詞換了，雖然歌聲有些模糊，但我慢慢意識到這是奶奶從前閒暇時愛在嘴邊哼哼唱唱的兒歌——《鴿子》。

那陣陣歌聲流入耳中，也流入了腦中，回憶開始在腦海開枝散葉。

「有空幫我錄音嗎？」奶奶說。那是個小學暑假的午後，奶奶洗刷著愛玉子的清澈水聲和那帶著愉悅感的語調迴盪在我耳邊。

「奶奶想錄些什麼呢？」我問到。

「講一些自己小時候的故事啊，唱些小時候學的歌啊⋯⋯。」

「奶奶想講什麼故事和唱什麼歌呢？」奶奶兩眼的目光望向遠方，彷彿她的眼前開始掃過一張張記錄著兒時回憶的幻燈片，而她是最了解這場幻燈片秀的主講人，開始娓娓道來那些從前。或許我真該當下說什麼都要將那些從前錄下音來，那些讓奶奶歡欣愉悅的從前、讓奶奶刻骨銘心的從前、讓奶奶時常提起的從前……，然而，這些從前後來卻漸漸真的已是從前，奶奶生了一場大病後，選擇沉默以對這些老年的病痛。她沉默的病後性情加上我薄弱的記憶，這些故事、那些歌、錄音的約定……，已然隨著時間的河流載浮載沉飄向遠方……。快十二點半了，時針和分針每向前推進一格，萬籟似乎更加俱寂。

「剛剛真的是奶奶唱《鴿子》的歌聲嗎？」有時，夜晚過度的寧靜，讓我不禁覺得內心好像也會播放從前聽過的歌。

「或許吧。」我想著。半夢半醒間，我耳裡迴響著那夜半的歌聲。一群鴿子就在我眼前那陽光明媚的廣場聚集，邊邊的板凳上，有我和奶奶坐著，座位旁邊的錄音機緩慢的運轉，我們唱著、唱著，輕鬆自在，也淡忘了那些無常。

交際

許少瑜（中文三C）

「妳知道嗎？她真的很孤僻，都不跟人交際！」一名女子忿忿地講著手機。

窗外的陽光仍然強烈，空氣中滿是滯悶與心煩。我輕輕攪拌著貴死人卻難喝的咖啡，有一搭沒一搭地翻著書，怎樣也專心不了，只顧吸收那位女子的高談闊論。

「我說她呀，一定有病。我們在社會上闖蕩，本來就該放下個人融入群體。她有再多的堅持也得顧及大家啊！上次老闆難得誇獎她，她居然連一句謝謝都沒有，老闆當時臉都綠了，還是我好說歹說強拉著她向老闆鞠了躬，這才了事……」女子彷彿有滿腹委屈，不斷拍打桌面，藉以提高音量，還不時拿起名牌包包裡的漂亮手帕來擦汗，似是想引起大家的注意。

受不了她刺耳的嗓音，咖啡廳裡的人幾乎走了大半，我轉過頭去看了看，希望她注意到我的視線後能收斂點，但她如身處無人之境，只一個勁兒重複相同的話，像隻聒噪的鸚鵡。突然，她露出懊惱的神情，又接著說：「哎呀！瞧我這記性，差點忘了跟你說，她每天穿的衣服幾乎沒變過，也不知道有沒有洗，就連假日也穿著像是要參加喪禮的那套……」電話那頭似乎已習慣她的抱怨，居然沒有要結束通話的跡象。

我不想分析她是否只因人家有比她高的工作能力或職位而妒忌，也不想探究她是否遇到了甚麼煩心事，我只知道，她影響了整個咖啡廳的氣氛。原本應該悠閒、愉快的下午時分，因她一人的不順心而全毀，當真令人不悅，如果她的目的在此，那很好，她成功了！

我收了收東西，準備離開。但是，我的動作在她匆匆結束通話時停止。只聽見店門門把懸著的鈴鐺發出聲響，如同電影正式放映前的預告，一名女子無聲步入，臉上毫無表情，身上穿的是再平凡不過的上班族裝扮——黑西裝、白襯衫、黑長褲、黑皮鞋，頭髮也綁成一絲不苟的俐落馬尾。她緩緩走向那名方才高聲擾人的女子，於她對面的座位端正坐下。

名牌包包女子露出得宜笑容，對那位女子說：「怎麼了？公司裡又有人給妳臉色看嗎？不要理他們，他們不懂妳的堅持與個性，妳不也說過嗎，只有我最了解妳。妳不要在意其他人的眼光，他們是凡夫俗子，不像我能看出妳的原則……」

我收拾好東西，留下半杯貴死人又難喝的咖啡，和先前買的那本已經不必細讀的關於交際手腕的書，信步走向店門，於門把鈴鐺聲響起之際，彷彿又聽到名牌女子的偉大開示：「他們應該要知道，每個人有每個人的個性……」

散文

PART 03

花襯衫

劉兆恩（中文博二）

當我聽你說到「外祖父的離開，分明是一場幻夢。」時，還以為那是因為，你一時之間還未能接受事實的緣故。畢竟，在外祖父的眾多孫輩之中，就屬你與老人家最親最密。但是當我把這個想法告訴你時，你卻反而哭喪著臉地對我說：「我想，我是離外祖父越來越遠了。」我相信你的感慨肯定其來有自。那天，當你站在靈堂旁，看著葬儀社的人將靈柩打開，而兩個舅舅隔著一緞白綢，將已經梳化完畢的外祖父抱入其中之後，你終於忍不住走向前，去看看老人家最後一眼。只見躺臥在棺槨中的他雙眼緊閉，即便上了些妝，他的神情還是如昔日不說話時那般面目嚴肅，甚至有些不怒而威的樣子。但是，他的身上卻穿著一件短袖的紅色休閒襯衫，襯衫上勾勒著許多以紅色、白色、黃色及綠色繪成的扶桑花，而下身則是一件黑色西裝褲，就像是剛跟完老人會舉辦的夏威夷旅行團回來似的。你惶惶地凝望著那件花襯衫，卻不曉得該擺出何種表情。當哭？還是當笑？你回頭，看了看你那神情哀淒，且雙眼淚腫的母親。

你知道，這件衣服實出自母親的手筆。

那是在外祖父最後彌留的某個日子裡，你的母親從新光三越帶回來的。記得那日，公司排休的你坐在客廳，一按開電視就看見母親拎著這件衣服進門：

「買這麼俗的衣服要做什麼？」

你納悶，卻沒說出口。只見母親如旋風般走進房裡胡亂收了些東西，又要出門。

「去哪？」你問。

「去外公那。」母親答。

於是那件土氣的花襯衫又被母親給帶了出門。

當時你是苦笑著邊搖著頭，邊無奈地告訴我的：選擇這件襯衫作為外祖父最後的衣著，應該也是母親的意思吧！你想，畢竟母親既是家裡的老么，也是唯一的女孩，從小就受到父母親百般疼愛，而她的兩個哥哥也盡可能事事讓著她，這即養成了你母親的驕縱性格。因此你真的不難想像，當母親提議，說阿爸要穿正式的西裝可以，但一定要配著這件花襯衫下葬時，再怎麼感到彆扭的大舅、二舅，也會在母親的百般堅持下而終於不置可否。

但你說，其實你也知道母親為何如此堅持。

那夜餐間，你的母親已自祖父久居的病房回來。她神秘兮兮地向全家表明，說是外祖父親口交代她買一件花襯衫給他穿。「是他親口叫妳買的？」你不可置信地嚷著。畢竟，外祖父成為植物人已經許多年了，他要如何言語？但是看到母親言之鑿鑿的樣子，卻也不像是信口說說。

原來，是母親昨日夜半夢見了外祖父。

她說，老人家在夢裡，告訴她想買一件短袖的紅色休閒花襯衫，還特別聲明襯衫上要畫有扶桑花的，要開得熱熱鬧鬧、活活潑潑的那種。母親煞有其事地告訴你，你外公連哪裡有在賣這件衣服都調查得一清二楚，所以她是如何如何地按照你外公的指示去找，而後又是如何如何地找到。母親說得玄乎其玄，你卻只是視作巧合，而應付應付般地聽著。

畢竟你知道現代的科技與教育，已經不容許人去相信這些了。

你說，若不是後來你也夢見過外祖父，你還以為這件事情只是因為母親在長久的照料下，產生身體上的疲勞與親情上的不捨，從而在身體與心靈間交互作用，導致某些不可理解的幻知從潛意識的罅隙裡，所滲漏出來的結果。算算已經有十年了，你緩緩對我說道。當年剛聽到外祖父患了胰臟癌時，你人正在美國留學。在那個網路通訊已經十分方便的年代，透過ＭＳＭ基本上便能掌握家中發生的大小事。外祖父住院你自然知道，不過卻沒有特別過問。畢竟，剛開始住院的時候老人家飲食正常、有說有笑，就連醫生也說他動刀之後，大概再修養個幾天就能出院，誰也沒有料想到老人家的病情，會如此急轉直下。

你那在花蓮就學的妹妹，是如此形容初見你那已無行為能力的外祖父的：當天她接到外公昏迷的電話，臨時趕回台北的時候，外祖父已經不能言語。他只是無言地張著嘴巴，雙眼一動也不動地張望著白色的天花板，就像是看見了某種難以付諸筆墨的景象似地，如此專注、如此出神。然而等到你真正返鄉回台，來到醫院見了外祖父時，你卻覺得眼前這個全身遍插醫療導管的老人家所能看到的，也許，只是一片不足以用語言去形容的無聊黑暗。

所以當外祖父的兩個兒子在持續了為時十年的照料後，終於決定拔管讓外祖父離開時，你是表示贊同的。你的母親為此便曾經屢次怨你對老人家一點感情都沒有。畢竟，你自滿月起就由外祖父帶了三年，甚至你人生中所學會的第一個字眼，就是用客家話喊出來的「阿公」。

你的母親甚至懷疑，是否天生不善處理人際關係的你，其實出自於對人情的淡漠。然而你卻覺得，說不定這十年對獨自面對黑暗的外祖父來說，可能才是真正的折磨。否則，你那充滿客家性格、向來以素樸為慣的外祖父，又怎會願意在生命的尾聲裡換上這麼一件不倫不類的紅色花襯衫，來點綴他的視線？

其實，你並非如母親所說，對你的外祖父毫無感情。畢竟在外祖父最後的日子裡，學成歸國的你也時常提著一管長笛，至病房裡為外祖父吹奏山田耕筰作曲的〈赤とんぼ〉（紅蜻蜓）。那是受過日本教育的外祖父最愛的兒歌，也是你第一首學會的歌。據你的父親說，外祖父初住院的那幾天心情特別好，整日唱著的就是這首〈赤とんぼ〉。然你心底明白，這首歌的歌詞，大抵在訴說一個孩童思念他那遠嫁他方的姊姊。因為姊姊再也沒有回來過，致使這個孩童竟開始懷疑，過往與姊姊在夕陽下共同捕捉紅蜻蜓的情景，會不會根本從頭到尾就只是一場夢境？你說，至今你仍懷疑，當年你的外祖父其實早就知道自己行將就木，鎮日唱著這首歌，或許正是在預示著他即將走往他方，而終於成為你的、你母親的午夜夢幻。

你想起外祖父要出殯的那天晚上，你的確夢見外祖父拉了一張板凳，坐在他的床邊，彷彿你還是那個要伴著外公的床邊歌曲入睡的小男孩。你看見外祖父穿著紅色的短袖花襯衫，搭著黑色的西裝褲與皮鞋，朱紅色的扶桑花在他身上是如此的搶眼。外祖父坐在床邊，抱著一把破舊的老吉他，自彈自唱地唱起了〈赤とんぼ〉，你靜靜地望著他，一整個晚上甚麼話也沒有說。

獨居

賴冠宏（中文進一）

獨居總是讓人覺得惆悵，但是每個人的臉上卻又一如往常。

今日的淡水下起了雨，雨勢滂沱，烏雲籠罩在上空，淡水河還映著略顯黑暗的那層灰，前方的高樓大廈，還依稀可見模糊的燈火。阻塞的車道，像是緩慢的河流，一點一滴的向前或向後移動。

封鎖在小小的由紅磚瓦堆砌而成的樓房，凝視著懸掛在牆上的時鐘，一點一滴，滴答滴答發出聲響。搬居於此已過半年，每日總不由自主地將自己想像成被鎖在籠裡的動物，時而發出哀號，時而發出低語。這棟公寓的每個人與我都在獨居。

熱水器正騰騰冒著熱氣，除此之外，只有窗外的雨聲提醒著我，自己仍舊活著。躺在木板床上的我，一個翻身便發出了刺耳的聲響。

我被關在這五坪大小的籠子，唯一的出入口是一扇沾染了些許髒污的鋼製的門，門上貼著的海報告訴我，在我之前還有上一個房客的存在，但我只是偶爾猶如呆愣般，注視著那張由墨水印製而成的紙，並不曾打算撕下。即使只是張比Ａ４還要大上一點的紙，也能讓我感覺到曾有另一個人與我共同生存於同樣的空間。而那或許能使我好受一些。

這間位於巷內的公寓，每一個由外頭傳來的聲響，汽機車的聲音、人們喧鬧的聲音，基本上都很難傳入我的耳內。走出巷外便是熙來攘往的街道，穿過巷子卻猶如與世隔絕，的確像極了被關在一個隔絕外界的籠子。

我還能清楚描繪那條巷子的模樣，巷子口旁緊鄰著的是一間名聲響亮的飲料店，店內與店外的裝潢都讓人備感親切，顧客自然絡繹不絕。然而，無論走過的顧客抑或是路人，都不曾將視線投向巷子的方向，好像這裡並不存在，又或者是將這視為一種凋敝的風景。唯一的，只能從零星的幾個從巷內走出的住戶感受到這條巷子的存在，除此之外，這條巷子，以及巷子內的居民亦會被外界的人們所遺忘。

巷子的兩側停放著主人不明的機車與單車，斑駁，長著青苔的牆上黏著的各式管線，就連空中也被電線覆蓋至盡，簡直像是被長著觸手的怪物，或像被蜘蛛網監禁一般，這樣的景象，每當我走過都不忍直視，但是這張牙舞爪的妖怪，卻一直延伸至我所居住的，以及巷子內的所有屋子上頭，無論在什麼時候，頭頂都是同樣的天空，被遮蔽、被遺忘，就好像是永遠都無法分開的一樣。

而與我住在相同處所的人們，從我搬入這裡以後，便稀少看過有人的走動，偶爾穿過巷子，拉開了這彷若隔開了外界與聲音的大門，會有幾個人和我擦肩而過，我幻想著他會伸出手，或者是打聲招呼，告訴我，自己是住在哪一號房間，我近乎奢望的祈禱他們能這麼做，但是無論幾次這麼想著，唯一確實記得的卻只有彼此都低著頭沉默走過，對於對方的長相，也從來沒有好好記得。

或許從一開始就已經注定，由巷子隔開的兩個世界，一個繁華，另一個荒涼。公寓的每層被劃分成六、七間房間，每個人佔據了屬於自己的地盤，每個人的生活與其他人毫不相干。在寂寥的日子，側耳傾聽，如今能夠入耳的也只有外頭的雨拍打在窗戶的聲響，以及自己緩慢而孤寂的心跳，聽不見他人的心跳與言語。

這份令內心焦躁的情緒，尤其在夜裡顯得孤立無援，總是毫無節制的肆意膨脹，像是整個世界只剩下自己一個人的存在。而我有時也曾幻想在這棟公寓裡頭，還有另一個，或許還有幾個人，是與我相同心境的。

比天空還遠的地方

我想像他們也想與其他人打招呼，想要與他人閒聊著日常瑣事，讓這個近乎孤立的屋子裡傳來屬於人群專有的氣氛。他們也會如我一般，在這樣的深夜豎起耳朵，試著捕捉任何一點除了自己之外的心跳，也像我一樣，在每一次與他人擦肩而過的那一瞬，心裡祈禱著能由對方先打聲招呼，結果卻只能得來一陣，或者說是永恆的沉默。我想像著他們的心境，不由得覺得自己或許真的不是孤單的一個人。每個深夜，如此替自己加油打氣，但又在隔天從發出刺耳聲響的木質床上醒來時，消失殆盡。

像是被封鎖在籠內的野獸，或許長久下來也會變得面目猙獰，即使偶爾拉開窗戶，所能看見的也只是另一戶的牆壁，彼此間的距離只要用手就能觸及，但是此刻卻像隔了大海，不忍目睹那斑駁脫落的水泥牆面，隨即關上了窗戶。或許那間房子的某人與我有相同感觸，說不定也曾拉開窗戶，卻又因為無法直視那堵看似冷漠的牆面，深怕受傷的心靈，接著關上了那扇與外界構通的窗。或許也是因此，我們每個人都甘願被關在這自由的孤獨的監獄，日復一日。

究竟是為什麼，這裡人們都對於彼此如此冷漠，關於想要與這裡的房客交流的心情日漸加深，但是我總是對與他人溝通這件事感到惶恐不安。我從小就是一個內向的人，也曾因為突然的招呼而不知所措，或許也因為如此，我同樣深怕對方或者是自己受到傷害，也深怕對方早已滿足於自己佔據的那塊地盤，不想與他人往來。

我多想擁抱這裡的每一個人，這裡的氛圍讓我無法理解。明明人類的本能是在他人身上尋求存在的認同，為什麼身為人類的我們，卻心甘情願的選擇隔絕？

不過，仔細一想，能夠與公寓裡的大家打成一片，這樣真的會比較好嗎。強硬的希望能和對方打成一片，說到底也算一種自私。或許這裡的每個人都甘願這樣的生活，能夠區分自己是自己、別人是別人，只管自己的生活，明確地處理自己的事情，就算發現新來的訪客，也裝作沒看到般擦肩走過，或許這樣並沒有什麼不對，我也不明白哪個才是最好。

今日的淡水下起了雨。這個早上，隔開了外界與聲音的大門，由一位搬了大包小包以及床單的女孩子打開。她看見了我，並朝著我的方向略為傾斜著頭，長髮也如瀑布般垂下，她淡淡的笑著，那模樣像極了我剛搬進來時，遇見其他房客的那個樣貌。

而我只是回了平淡的笑容，輕微勾起嘴角，那笑臉肯定特別滑稽。我們不發一語，我逕自地將她身後的大門關上。

或許有天，在我回到這棟公寓時，見到他人再也不會有任何期待。沉默變得自然，每個人都只會聽見自己的心跳，看見自己的腳步。看到誰也不會覺得快樂，也不會想像在這裡會有奢望與他人溝通的夥伴，我終將成為獨居者的其中一位。

想到了這樣的事情，即使躺在床上也很難闔眼，覺得胸口鬱悶，好似有雙冰冷的手掌緊抓著自己的內心。或許我下次應該要對那早上的女孩打聲招呼，我在心裡如此期望，期待著如果真有那麼一天，我能如我所想的那般伸出那雙手，即使只是簡單閒聊也好。趕在她或者是我，心甘情願成為獨居者之前做出動作。

就算自從我搬進來以後，不曾有人對我說過任何一絲話語那也無所謂。或許這棟樓的任何房客與我，都在獨居。但，你難道不曾有過這樣的感覺嗎？

更行更遠還生

胡修竹（中文一A）

清明未至，菰城卻早已淒雨瀟瀟，地上一潭潭積水漣漪陣陣，倒映其中的天與雲都被打碎，空氣中隱約彌漫著倒春寒的清冷，時而撫上面龐和髮絲的楊柳風亦變得傷感寂寞。雨暫歇時，聽窗外如珠墜地的鳥鳴，就知道又是別離，我一次又一次地從這裡離開，每次對我母親的依戀有如沼澤，無從逃離，看著自己一寸一寸地陷溺，但是我卻心甘情願地領受這痛苦。

行前的幾天裡，母親為我整理行李，她蹲在地上，埋頭忙碌，一面絮絮地叮囑東西。我只是蹲在她身後，把頭靠在她的背上，她的骨骼一收一舒，肌膚溫熱，還有一種生命的節奏，在這雨夜裡顯得格外清晰。我感受到我母親與我緊緊粘連的血脈，也感受到時間正分分秒秒蠶食她的年華，無言中早已酸澀了雙眼，這種感覺和一年前一樣，她從手術室被推出來，陷入沉沉的昏迷，我第一次看到強勢的母親脆弱而沉默，她那雙拿手術刀的手布著一個個的針眼，在她身體的某處，多了一條縫合的傷疤，和剖腹分娩留下的刀痕糾纏不清。我握住她的手，她血液的溫暖穿透我的皮膚和細胞，讓我感到是如此美好。大約五分鐘後，她緩緩睜開眼睛，只說了一個字：「水。」我卻無法阻擋眼淚溢出雙目的本能，手忙腳亂地拿棉棒沾水潤濕她乾裂的嘴唇。這種強烈的失去感是一把抵在我背後的鐮刀，鋒利而無情，讓我不寒而慄。

母親病發在我高考那一年，那一年她結束忙碌的醫院工作後，總會去一間佛寺做義工，因此太過疲憊而被疾病所折磨。她在醫院看過太多陰陽相別、生死糾葛，沒有任何信仰的她把自己的祈願寄託在自己在佛寺的微薄而又虔誠的奉獻，她對我說：「高考求願的人太多了，佛祖是認不過來的，我做些義工，希望佛祖可以知道我的心意。」她的心意不是我能夠光宗耀祖，躋身名校，而是希望我健康輕鬆度過這次重大的人生歷練，可惜我辜負了她，在查詢分數後，我失望大哭，她擁抱著我，和我一起哭，那一晚的母親，比我還要難過。

出院後的母親，身體早已不如前，除卻上班，她還樂意做的就是經營自己的一方陽台。明明手術傷痕初癒，她卻常常在不遠處的荒菜園裡掘一些土，喘吁吁地搬上頂樓，在家門口皺著眉，咬著牙來舒緩因過於吃力所來的傷疤的脹痛。頂樓的陽台，種了不少植物。初始，只不過一盆雛菊，檀心翠葉；一盆薔薇，含雪窈窕；另幾盆觀音蓮，晶瑩纖巧。後來母親又買來一盆海棠和一盆臘梅，每至陽光扶疏的午後，這些枝條顯得婉曲多情，簇擁在一起的花葉匯流成濃郁的綠色，這是她心中的花田，勝過萬垠蕭條的荒土，她是她一個人的花匠，也是她一個人的觀光客。她蒔弄著這些花草，溫柔得如同對待一個孩童，與她作為一名醫生對待疾病的強勢截然不同，她常告訴我一些花開花敗的瑣事，然後輕輕嘆氣，跟我說：「以後你出去讀大學了，媽媽養養花也不無聊了。」然而，我離開的半年裡，所有花草幾乎都荒敗了，我待在她身邊整整二十年，這樣的遠行和分別所帶來的寂寞，或許是這些花草所無法彌補的，我問母親為什麼不再照顧這些她曾經精心照料的花花草草，她只是輕描淡寫的說：「媽媽養不好花。」那一片她用來未雨綢繆，試圖轉移對我的思念的花田被遺棄在陽台的角落，它們曾經繁茂，如今卻蕭索而孤寂，像極了我母親的心境。

離開前一日，又是一場驟至的春雨後，總算有些晴意。我看著陽光透過鏤紋繡花的紗質窗簾灑在木地板上的燦燦淚斑，淒美宛若傳奇，還有散落在地的各色水筆以及紙張，慵懶靜謐，此時此刻，我品嘗著平淡如水的生活，卻時刻飽受離別帶來的悵然。父親對我說：「你以為你媽媽不難過？你媽在從機場回家的路上一直說怕你不知秋涼添衣，冬寒添被，說你腿不好，若是總下雨，一定難受，說你身體虛寒卻總忘記吃藥……她一直忍著哭，我聽得出來。」我只笑道：「是嗎？媽媽這麼想我。」這種笑容牽強而乾澀，像是用隔夜的墨汁來書寫，筆鋒黏滯，帶出一抹不自然的飛白，我在我母親臉上也看到過這種笑容，在與我視訊時，她總這樣笑著說：「家裡沒了你真是空蕩蕩的。」而我只能仰頭看著白色牆頂，試圖來逃避能把我一舉擊潰的眼淚，明明是個堅強的人，卻在面對這個養育我的女人時變得不堪一擊。

窗外，雨打桃花，一番洗清秋，晝夕之間，落英滿地。我拾不起這些紛亂的離情別緒，任由它們飄散各處，恰如後主詞言，剪不斷，理還亂。我從不知道我對母親的深情，也從沒有對她訴說，只是深藏在我內心的某處，抑或匯集成碎屑般的文字。

淡水這些天悶得可以，仿若僅滴了幾滴水在濃稠的胭脂裡，塗抹在雙唇、皮膚、眉眼之上，灼灼如焰。可腿又隱隱疼起來，這裡即將一場大雨，洗刷多日的燥熱，母親告訴我夜間不可貪涼，記得蓋好被子，然後笑著對我說：「你今天剛走，媽媽一下子覺得家裡空蕩蕩的。」我竟是無言，想抱以一笑，卻扯不開僵硬的嘴角，我害怕母親她的脆弱，也害怕自己的潰敗。

有時候，我會因為這種太過刻骨銘心的親情，而衝動地想要放棄夢想而回到母親身邊，但也懂得，也許分別會讓我更加珍惜這個為我付出一生的女人，此生不夠，我願用下一世償還，或許下一世，我想成為她的母親，和她愛我一樣深愛著她。

此地的春草，更行更遠還生，茂比滄海，道旁的女蘿，柔拖一樹青絲，婉麗動人。彼地的母親，念著我這不孝的遊子，時時祈禱我的安好康健，此地的我，只能在深夜裡悄悄思念。還好，這世界只有一個太陽，它的曦光浸透我和母親，讓我和她緊緊相繫，永不分離。

殘差

曾奕寧（中文二B）

「殘差，本意大概是指觀測值與預測值的差。」夜間的捷運有著鬆弛而安靜的氣息。時節已是初春，卻無乍暖還寒的跡象，好像冬天還潛伏在側，我也就像仍置身於上個季節一般，還覺得白晝短暫。這段時間習慣晚歸後，我反而喜歡搭乘夜晚的捷運。也許是因為夜晚給人的感覺不如白日緊繃，車廂內瀰漫的倦怠感能令我安心。能讓我暫且放下正在困擾的事，比如社團與人際關係。最近的生活開始讓我逐漸理解一些事，在處理忙碌又複雜的事項時，也感到更加了解自己。我仍未變成自己期望的樣子，我以為自己的一切改變都會在掌握之中，但是有時現實的狀態無法如期望所想的那般完善。我想盡力讓自己符合所有人的期待。這是不可能的。於是，我遠比自己想像中來得失意，更多莫可奈何。

倚著玻璃，放鬆緊繃的身軀，呼出一口氣，感覺自己是洩了氣的皮囊，又像是蛇蛻下的皮一樣，就那樣靜靜攤在淺藍色的椅子上。我想起曾和久未連絡的友人分享過我近來的「捷運感觸」，但對友人來說，她只覺得我過於悶騷、喜愛耍孤僻，和以前相處時無異。我時常覺得自己與友人很相像，但多數時她的情感是外顯的。我喜歡她一些天真浪漫的部分，例如純粹卻又不分明的矛盾感情和純真自適的反應，這些都是我所沒有的。我沒問過她是如何看待我這個人，可是我卻認為我們在面對外在的事物上，在某個面向上一樣壓抑。而我深覺得她遠比我易感得多。

自從我們升上大學後，便很久沒見面了。她如同逃離一般到了中部，渴望遠離家庭給予的限制，享受自由且嚮往已久的生活。我則堅持留在北部，每日耗費兩個小時通勤，往返時在捷運上瞌睡，習慣被雜沓的步伐喚醒。學著修剪尖銳的語言，隱藏會造成傷害的眼色，對於叛逆更加收斂，保守歧見，盡力嘗試變成體貼且順從溫和的人。我們各自在新的環境建立自己的生活圈，重新學習適應不同的人。偶爾她回北部時，我們會再見面。像某次雨天的聖誕節前，客運在公路上塞車，我待在捷運站內帶著濕透的雨傘，看著人來人往快三小時才等到友人帶著虧欠的表情出現。雖然她表現出虧欠的模樣，但還是難掩高興的神色。也許是因為難得見面，也許是因為看見我沒有生氣，依然在等她。

我們在某所大學附近吃了便宜的牛肉麵，然後走進校園看巨大的聖誕樹。

撐著一把傘，各露出半邊肩膀淋雨，在細雨中仰著頭看點綴著燈泡的聖誕樹，雨聲細微，我們猜測著下次燈泡會變換的顏色，聊著一些過往的人事，或偶爾言不及義。

她用興奮的表情和像是宣誓的口吻告訴我，這次回到北部她不要回家。她是用打工的錢回來看演唱會，這幾天的時間她便是像背包客一樣，要借住在朋友家，不想在家住。我心裡微微對她的行為不認同，但又覺得如果她能為自己的行為負責，那也無所謂，只是想不清到底是家庭帶給她多少壓抑，讓她在偶爾回來時不願回家。又或，她只是想嘗試各種生活帶來的新鮮感？她表現著的模樣，依然是我所熟悉的樣子，但我不認為隨著年歲增長、生活於不同環境，她會全然沒有變化。就像我其實寧願她記得我以前的模樣，和我們曾經相處的模式。所以我擁有的改變，在她面前總不輕易外顯，而她亦如此，但我還是會在某刻對她感到陌生。哪天會形同陌路嗎？

我說不準時間會怎麼把我們拉遠。捷運平穩地駛入地下，再看不見外頭景色奔馳，行駛的聲音忽然就明顯了起來。吊環晃動著，整列班車像一條水蛇，在前進時微微彎曲著身軀，在水流之中吐著蛇信，發出的聲響迴盪在它體內，是如同催眠般的聲音。輪軌摩擦，恍惚之中，我步出了車廂，聽到催促的聲響才拉回自己的意識，繼而注意到自己在目的地的前站下了車。其實我只需轉個身、再走幾步，便可回到車廂內，但當下我並沒有這麼做。我只是轉過身、站在黃線後佯裝沒發生什麼事，在即將關上的捷運門前，為掩飾尷尬而擺出自若自在的表情。同樣疲憊的乘客與我對上眼，先是帶著詫異的眼神看著我，隨即露出了然的神情。軌道的高音由近而遠，晚歸的深夜，月台只剩我一人。回顧了空曠的月台後，我讓自己倒映在安全門上，看起來像被囚在陰暗的水族箱裡。在空蕩的月台，自己的呼息顯得巨大如一隻鯨魚，正在以聲納迴盪。「我想，我和任何人之間，都存在著殘差。」

友人寄來的明信片和那些遲到的內容，忽然地被想起。她在明信片上用寥寥幾句交代了近況：關於人際關係如何，或者是偶發的感觸。她寫到她在學的社會統計裡，有個名為「殘差」的概念。她認為殘差這個概念也能套用在自己與他人身上。她無可避免地與人溝通困難，常以為自己能完全理解別人的想法，甚至是能清楚知道自己想表達什麼，可事實上，那些用以溝通的語言、文字，總會被理解成和自身想法有出入的其他意思。「也許思想上的殘差是無可避免的吧。」她最後如此結論。我裹著厚外套，對著閃動的紅燈發愣，緩慢的咀嚼她所有的詞意。回想起收件時初次閱讀的情形，開始覺得自己對外在事物的理解全是囫圇吞棗。我不敢說自己完全理解友人的話，就如同我們以前討論過的，文字無法表達情緒。如同那次我和友人徹夜談天，在黑洞般安靜的房間內，手機螢幕發出慘淡的光芒，我們隔著一個掌心的距離交往彼此的生活，像趨光的蛾那般專注於傾訴：世故的街道延展至何方、由他人行為給予的細微觸動，或者情感上的潔癖。「我討厭讓人失望。」我緩慢的按下傳送鍵，忽然覺得自己把此刻的動作看得很慎重。「我討厭別人讓我失望。」一行字在螢幕中跳出，友人迅速的如此回應。

雖然看見文字的當下，我能想像得到她若是說出這句話，會是什麼神情。可是等情緒稍緩，想想，卻又不確定此刻的她是以何種心態向我告白。但不管如何，我相信深夜裡的對談是安穩而真誠的，在訊息傳遞的空檔我時常感到羞於表達自己的情緒，不論是以文字或其他形式，向他人坦露心事總讓我不知所措，有時連想完整組織想法都很困難。無論是面對誰、面對何事，與外在的事物我也無可避免的擁有殘差。產生這想法的同時，也令我不經意感到侷促不安，甚至是有點困窘羞愧。到底是我太自我才會產生這種想法，又或我只是對於當下的自己總是不滿意？我下意識地對於剛步入二十歲感到不安，似乎這個數字蘊含特殊的魔力，要人揭示自己行為、審視過往，並對未來要學會揣懷更多理想抱負。

然而，我始終慣於逃避應面對的問題，屏障自己對外或淺或深的感觸，對他人不夠真誠、對事亦不認真。想要有所蛻變，又不執著。於是我開始感受到時間的速度，看著此刻的自己與過往產生皺褶、距離，然後期待下一刻所有憂傷能被安全熨平。輪軌再度摩擦，下班車準時行駛，我在螢幕上的紅字再次閃動時下車，依照平時固定的路線準備出站，卻感覺自己逐漸迷失於每個出口。我想起每次迷路時的徬徨，可是想不起那些時候，我是如何找到正確的方向。手扶梯運作，視線被緩慢抬升，室外的風緩和吹拂，塵埃的氣味卻讓人感覺刺鼻，玻璃牆上還有上次雨季留下的水漬。遠處的街燈明亮溫暖，而我只記得它們白天的模樣，看不清它們此刻如何照明，我想像有幾隻飛蛾徘徊於光下，拍動的翅膀會發出細微至不可聞的聲響。

捷運站外，馬路上的車輛稀疏，號誌燈專心一致，漆黑的夜晚讓我更能有條理地記憶這陣子懸宕未解的事。「……我仍然相信你和我之間的殘差，大概是比較少的吧。」友人的字跡雜亂如往昔，使我感到懷念同時，亦感些許無措。我依然逡巡不安，好像一隻剛蛻下皮的蛇，懷念著自己以前的模樣，關於未來會發生的那些事，當我讓人失望、對人悲傷的時刻，我不知道自己應不應該適應。當周遭的一切與想像的自己擁有殘差時，我希望自己不會感到討厭，不會討厭自己。我必須相信自己還會經歷無數次的蛻皮，感受一次次溫差，感受一次次殘差。

珠貝

劉紋安（中文進一）

春分，我在這個世界活了十八年，一個在宇宙萬物底下渺小的存在，四季的嬗遞，時代的轉動，我們所有的改變就像是聖母峰下的一粒塵土，在同一個時空，同一地點，同一個早晨或深夜，你無法想像幾千百年來，在你腳下踏的這片土地，在前人是用汗水、淚水抑或是鮮血所守護下來的；在同樣的一條小巷中，無論磚房瓦舍怎麼變遷，有多少的戀人別離，親情的聚散，都只是無垠宇宙中的一粒塵土。

思緒回到我所存在的這個時刻，我在一家基隆市區裡的速食店裡，身旁的人們如何吵雜都與我無關，因為我正帶著耳機，面向窗外的座位，外頭的街道上，人與車爭道，兩旁的攤販理直氣壯的如電線桿上排排站的麻雀，吵雜而擁擠，手邊是一本寫了三十年的日記本，天空藍，擁有紙書殼的精裝日記本，書殼上提了一行字「心中的角落」，旁邊印刷著兩行小字「也許有個屬於自己的角落陰影，能讓我駐足停留撫平心中的寂寞」，這在當時氾濫的印刷品可能連上面的題字都不具意義，可是經過了三十年的斑駁脫落，連心中的角落五個字都玩味了起來。這一本是我媽的日記本，從民國七十五年的那個夏天，她最盛開的季節，那年她剛從高中畢業，日記的第一篇，我就深深的感受到她在青澀時期就已經非常成熟的思想，那天是畢業典禮，她這麼記著：「三年相聚的時刻顯然不是長久，但在學校的種種快樂令人難忘，分離卻都是不可避免的事。」青春是揮霍過的，就像茶壺中的茶葉，熱水注入後得以舒展的葉瓣，幾番溫存後依著壺嘴緩緩傾洩而出，好比時間醞釀出的青春年華，在漫長歲月中口齒留香。

自有記憶以來，媽媽手上是拿著棍子的，是淚流滿面的，她會說：「如果不是你們，我早就跟你爸離婚了」，即便那時候我可能連離婚兩個字的意義是什麼都不知道，而小學的哥哥可能也才剛學會怎麼寫。我們小時候住在基隆市百福社區的一間小公寓裡，那間公寓是奶奶借我們住的，二十五坪大的小套房，空間非常充裕，因為爸爸總是不在家，他喜歡釣魚，喜歡喝酒，喜歡踏著月光的腳尖，以醉虎般的步伐在深夜驚擾樓下的奶奶以及樓上的我們，一次兩次，奶奶也變得能在這種時刻下不動如山了，而門內的媽媽，望著門外的爸爸，門外的爸爸，拍打著鐵門的鐵欄杆，爸爸像是個喝得爛醉的獄囚，有時被媽媽審問著，有時，媽媽才是門內的那個囚犯。

苦難總是深刻的，貧窮在我和哥哥的身上如骨髓一般，是從骨子裡發出來的自然，彷彿與生俱來似的，即便在我們都長大後那種習性仍然存在。小時候家附近的公園裡，總是聚集著同一群小朋友，公園沒有現在的軟黑墊子，而是一片黃土，我們就在那裡，對於小小身軀的我們那是個大大的宇宙，永遠去不膩，永遠有新鮮事。

公園旁有一家小雜貨店，小孩們都會在去公園前跟媽媽要十元，玩累了能買糖果或涼飲，而我和哥哥不知是貪玩抑或是懂得家裡的困境，往往一玩就不歇息，也從不向媽媽要求那筆我們眼裡能買十顆糖的鉅資。媽媽對於安撫我們小小的慾望時會說這句：「我們家沒有錢，所以不能買。」或是只能選最便宜的；國小戶外教學時你會看到身旁的同學包包裡總是有令人眼花撩亂的糖果餅乾，各種顏色，各種口味，而我和哥哥的包包裡永遠是一塊麵包，那是我們前一晚跟著媽媽到麵包店精心挑選的一塊麵包。媽媽對於貧窮是著麼註解的：「盡力度過日子便是，總不會餓死吧！」

我們有時也會有突如其來的小幸福，譬如爸爸如果好不容易沒有宿醉，心情很好時會突然帶我們出去逛街，吃個晚餐，媽媽的日記裡這麼提到：「今日下午華帶我們母子三人去吃晚餐和逛街，感覺很幸福，買了一支糖葫蘆已很滿足了，很久沒如此了所以很滿足。」「華最近很努力的賺錢，已是相當滿足了。」「民國八十九年一月一日，今天千禧年，也就是西元兩千年的第一天，很多人都在歡度這個特別的日子，但是對我們來說，重要的依舊是過日子，並沒有什麼特別的地方。」

這時候媽媽在一家加工廠當女工，而我還沒上幼稚園，所以成天跟著媽媽去工廠上班，工廠裡規律的機械聲曾是我那段時日的背景音樂，那時我頂著一顆西瓜皮的烏黑短髮，四肢瘦得猶如被啃食乾淨的雞骨頭，皮膚黑的像被太陽曬到焦黑似的，媽媽一到工廠會先找一個大紙箱，然後叫我在裡頭待著，那就是我那天的堡壘，我在裡面與芭比娃娃當朋友，開飛機，在裡面做任何我想做的事，我的堡壘每天都長得不一樣，有時是長方形，或正方形，有大有小，比較小時我就必須蜷縮著身子躺在裡頭，那天可能就只能在裡面睡覺了，身邊的同事對於這種現象感到非常驚奇，因為我的堡壘就依傍著媽媽，我從不吵鬧，也不會亂跑出我的堡壘。

那時並不懂得吃苦是什麼，也不覺得那是什麼苦，就這樣在箱子裡成長了一段時間，直到現在，我都還能依稀記得下班後從箱子裡爬出來那全身的痠痛，卻不是痛苦的，甚至想起來一絲暖意就在心中如融化的麥芽糖般甜呼呼的。不知是源於哪的「風俗」，國小時，壽星生日當天一定會提一桶俗稱乖乖桶的大糖果罐子來學校分發，以慶祝自己的生日，你以為發的是糖果嗎？那是一顆顆小而赤裸翻騰漲紅的，初萌發的虛榮心，而那一桶兩、三百的虛榮，對於我們家來說就像是把鈔票丟進水裡，就一分一角都得花在刀口上的家庭來說，怎麼還有多餘的錢去買那桶虛榮。我們家從不過生日，無論大人小孩，因為沒有生日就沒有蛋糕，沒有蛋糕就沒有支出，就像是呼吸一樣自然的道理，毫無爭議。

隨著時間流逝，我越長大，越忘了現在這份安逸是如何能來的，直到我看了媽媽的日記，裡頭那些瑣碎的生活細節都好比是一顆顆的懷珠，貝殼因為受到種種摧殘所孕育出來的璀璨珍珠，多麼得來不易。媽媽有一次好不容易踏進理髮院剪了一個髮型，在日記裡提到：「華賺錢辛苦，我只是盡量少花在自己身上，花在自己身上會捨不得，花在華及小孩身上卻一點也不心疼，真是奇怪。」我知道母親都是這樣的，可是當親眼看到日記裡的真情流露時卻突然覺得眼前浮現這麼一個畫面，那天，媽媽坐在書桌前寫著這篇日記，那時候她已經有了新髮型，而我跟哥哥在床上早已入睡；你會知道母親少吃一餐，只為了

比天空還遠的地方

讓小孩多吃一餐，少買一件衣服，是為了幫小孩多買一件使他們溫暖，知道都是一回事，但當你親身很貼近時，你會覺得那道理突然變得好大，像是你知道太陽每天都會升起，你從未注意過，但是當有一天你站在山頭上親眼見到太陽在你面前升起時，那襲上心頭的感動，猶如八月桂花香，久久不散。

新詩

PART 04

比天空還遠的地方——寫給西藏自焚僧人

洪崇德（中文碩一）

一隻蒼鷹能飛得多高
一只鷹笛又能吹得多響
打開少時的地理課本
西藏，他們口中的圖博
那地區離我多遙遠
黃教喇嘛是見過一些
讀過倉央嘉措，也用過西藏料理
卻有多少台灣人曾經罹患
五十八年來一個民族從國家到特區
遭遇了和平解放的高山症？
離藏半世紀，你看達賴是回不去了
圖丹歐珠他也是

幾年後有扎白、彭措、慈旺諾布⋯⋯
幾日前有諾秀
有一些人離開了就跟沒離開一樣
有一些人永遠懷抱著雪山獅子旗離開了
一個民族的命運能有多遙遠
一個個體的選擇就能多麼貼近
我用漢語默念他們的藏語名字
翻讀藏人自焚的新聞稿，並且猜想
那些選擇本應與我無關
一個安逸裡長大的台灣學生
一些名和姓分不清楚的名字
而他們，一百四十三人中——
當過或沒當過僧侶
可能每天在山坡上放牧
重視精神價值多過於自己的生命
與我豈有共同處？

其中兩個人，諾布達什與諾布占堆
雙雙自焚於二〇一一年十月十五日
他們那年十九歲，今年也一樣
而那一天，二十三歲的我與友人
在校園慶著無謂的生
誰想過千百里外
在意氣風發與安逸之外
烈火中有人高呼自由獨立而死？
拉薩大屠殺後幾十年
西藏要維穩要同化
要取消藏語，要禁制拉達
一百人跟一千人一樣是消失
近年的失蹤人口還少嗎
這長長的名單多教我驚訝、
麻木，直至沉默無語
而你們的名字，多麼相似

PART 04 ／新詩

又多麼難令我分別
若非是日期巧合
未必我會留意，沒有人知道
被帶走的僧人是否留下骨灰
你們離開後被指引向佛前
還是在阿壩地區續點一盞又一盞光明燈？
人死了究竟抵達哪裡
我有生之年還要經過哪些地方？
若去哈薩，不知是否你住過的哈薩
也不知旅店的老闆說不說西藏語、
禮不禮佛，會不會為異鄉的旅客戴上
如你們靈魂般潔白的哈達？
一個民族的尊嚴能走到哪裡？
今天的夢穿越明天的夢

我最深色的筆記

曹馭博（中文三A）

炭晶劃過喘息
鑿穿一道海的痕跡
你可知道，任何
轉述來的形象在此
都將成為惡地形
整個上午
溫度屈就於遠方，氣味
滲入屋瓦。雨季的訊息比去年還早
這裡的風景潮濕，巷弄逆光
由於反覆的上色與拭擦
光的軌跡逐漸在紙上
趨近、凝合。最後被收攏成
微型的黃色湖泊

在這最深色的筆記本裡
疤痕隱藏不了存在
不斷傳來擊穿的聲音
「這是漣漪嗎？還是
裡頭下著地行雨」
你開心地翻頁，將炭跡
從書口緩緩排散
你可知道
我最深色的筆記頁上
終將覆蓋著虛構、概括
與原始之形象
它們彼此凝神、收編
在橫紋與空白之間
解讀雨季與屋瓦的秘密
彷彿炭晶不曾移動
花費整個上午，塑造出
光與聲響的首都

被風吹過

楊沛容（中文三A）

來自西方的曠野
吃掉銀色月亮下的影子
我是被大風吹走一切的那種人
靈魂也成風
擅長等待與漂泊
擅長漂泊的人必需健忘
忘記別人能記得的事
例如為什麼簡單的顏色一定要用那種
其實未經誰同意的二分法
海洋就歸你
蘋果歸我
葉子無家可歸
銀色會歸誰呢？

PART 04 ／新詩

我是銀色的
我忘了不去質疑為什麼簡單的一句話
一定要照各種分類放好
我愛你
我愛妳
還是我愛祢？
如果重點是愛而不是你
為什麼你也忘了我忘了
有沒有人或者你是否回答過我
如果我奔跑
為什麼用有根的玫瑰纏住我雙腳
餵我吃下荊棘以使我沉默
我是如此清楚明白
當我想起
世界將學會感傷
我學會世界
感傷則學會我

書店——致我素未謀面的讀者

曾貴麟（中文四A）

致我素未謀面的讀者
你隻身前來，涉險穿越言語所仿擬的暗林、
誤讀的溼地，意象的裸馬引領你
走進扉頁搭建起的鳥居
你因懷藏某段密戀
遲遲不願鬆手，而像守夜的巫祝
在擺滿讀物的室內臨時舉辦降靈會
第二段落第五行句年輕的女主角終於現身
她身輕如行板，步伐有韻
為與那女子相遇，請留下你的神思與字
換取她的落髮、披肩或唇語裡的
口白，模仿她的儀態與聲腔

有點純情的你
只好看著她的牙齒
讓她逐一念出咒語與
結局，被愛或不愛呈現鋸齒狀
有時誤傷有時摩擦相減
那是我無法繕改的命運
你也深信那是你的
我與你隔著走道
相互被攤平、翻閱
逐字被宣讀，被剛行經過書店的神

放棄發明的下午

金子淇（法文三B）

花四個小時在花園收集塊莖
你用細雨帶來被時間包裹的可能句法
在這時反折打撈令它們一一湧現
並撥轉至「鵝黃色的弦樂」
你說我可以從那些複雜的工作中休息
「因為每種修辭都平等地有且僅有一次」
於是安心用裝飾替代發明，用重複你的名字
打斷被風固化的風景，我理順體表的水汽
撕下一些故事擦拭鏡子
消去黑暗中歷經的指紋
也照穿心意
是草本的心意，被光下的樹木反射

一或兩年內
都持續向半空寄信，密生的語詞
都將依你的方式組織花四個小時在角落儲藏塊莖
你的雨是否還在誰知道呢
如果切開塊莖流露出毒液你會知道
因為我的一切絮語
均已接受你的轉譯
我們唯一的對位法① 長久以來僅限於此
與世界之間荒涼荒唐的空地裡寄生的對位法限於你

①對位法是在音樂創作中使兩條或者更多條相互獨立的旋律同時發聲並且彼此融洽的技術。對位法是音樂史上最古老的創作技巧之一，也是歐洲在中世紀（西元八〇〇—一四三〇）和文藝復興時期（一四三〇—一六〇〇）最主要的作曲技巧。

國家圖書館出版品預行編目(CIP)資料

比天空還遠的地方 / 黃文倩主編. -- 一版. --
新北市 : 淡大出版中心, 2016.04
面 ; 公分. -- (淡江書系;TB015)(五虎崗文學 ;3)
ISBN 978-986-5608-11-8(平裝)

830.86 105003546

淡江書系 TB015 五虎崗文學3

比天空還遠的地方

主　　編　黃文倩
社　　長　林信成
總 編 輯　吳秋霞
行政編輯　張瑜倫
文字編輯　林嘉瑛
內文排版　陳雅文、林韻兒
封面設計　斐類設計工作室
印 刷 廠　建發印刷有限公司

發 行 人　張家宜
出 版 者　淡江大學出版中心
地址：新北市淡水鎮英專路151號
電話：02-86318661/傳真：02-86318660
出版日期　2016年4月 一版一刷
定　　價　280元

總 經 銷　紅螞蟻圖書有限公司
展 售 處　淡江大學出版中心
地址：新北市25137 淡水區英專路151號海博館1樓
電話：02-86318661　傳真：02-86318660
淡江大學一驚聲書城
新北市淡水區英專路151號商管大樓3樓

ISBN 978-986-5608-11-8